故乡三味

陈蕙卿 著

北京日报出版社

图书在版编目（CIP）数据

故乡三味 / 陈蕙卿著. — 北京：北京日报出版社，
2024.4
ISBN 978-7-5477-4818-3

Ⅰ.①故…　Ⅱ.①陈…　Ⅲ.①散文集－中国－当代
Ⅳ.①I267

中国国家版本馆CIP数据核字（2024）第026746号

故乡三味

出版发行： 北京日报出版社

地　　址： 北京市东城区东单三条 8–16 号东方广场东配楼四层

邮　　编： 100005

电　　话： 发行部：（010）65255876

　　　　　　总编室：（010）65252135

印　　刷： 三河市中晟雅豪印务有限公司

经　　销： 各地新华书店

版　　次： 2024 年 4 月第 1 版

　　　　　　2024 年 4 月第 1 次印刷

开　　本： 710 毫米 × 1000 毫米　1/16

印　　张： 14

字　　数： 200 千字

定　　价： 63.00 元

序

在岁月中沉淀风景

年轻的时候，我选择了师范院校，也就意味着我选择了教书这个职业。当我走上三尺讲台，面对几十双清澈的眼睛，我内心涌动的不只是知识，更多的是责任和使命。

一年又一年，我就这样，在这片校园里，用汗水浇灌着一棵棵小树苗，用一辈子的时间静候花开。在静听小树生长的时候，我也逐渐修炼了自己的心性，培育了自己的果实。

七八十岁才开始作画的摩西奶奶说："人生没有太晚的开始。"我觉得，风景不只是躲藏在青春年华里，岁月的芳华从来都是青睐那些对生活充满热望的人。我是一个在三尺讲台上工作了三十余年的老教师。执笔从文，年轻的时候有想法，却没有多余的时间。人到中年之后，才重新拾起了手中的笔。与摩西奶奶相比，我觉得自己还是很年轻的。

回望人生，我把我的人生风景分成了两部分。第一部分，是教书育人的风景。年轻的时候，结婚、生孩子，教书、教研……整天忙忙碌碌，以一位老师的身份，收获了许多令我欣喜的果实：学生高考、读研、读博。与此同时，我也收获了各种教育业绩：我的获奖证书和荣誉称号。

我想要说的是我的第二个风景：阅读写作的风景。

我学的是中文，骨子里依旧留存着文艺青年的影子。记得我的第篇文字是在大学里写的，当时我给校广播站投了一篇稿，题目是《太阳的味道》。写的是校园里冬季，大学生们把自己的被子拿出来晒太阳。有人问我睡觉的感觉，我脱口而出："太阳的味道。"故事被学校广播员朗读了出来，继而刊登在了校刊上。文字变成了印刷体，这是我的第一次。我很高兴，这本带着墨香的纸书是我追逐文学梦想的开始。

生活不总是春花秋月，不总是诗和远方。因为是业余写作，平日里教学任务又繁重，回家还得柴米油盐过日子，阅读和写作，只能成为我生活缝隙里的闲事，难得厚重。但我对于阅读与写作的热爱，却始终没有放弃。

待孩子大了一点，工作趋于平静，我才得暇时。经常，晚上十点以后，我打开了电脑。我的十指在我思维的引领下，在键盘上跳舞。一个个字符，一行行文字，一篇篇文章，如泉水般涌出。夜深人静之时，我与我作品中的人物心灵对话，看他们吃饭，听他们聊天儿，参与他们的争论，面对他们命运的起伏，我和他们一起笑，一起哭，一起疯狂。往往，我会泪流满面，键盘上落满了泪珠。

近年，因女儿轩轩去英国谢菲尔德大学攻读硕士学位，我结识了一群留学生家长。通过他们，知道了更多留学生们的生活，也就有了我与轩轩的两地书，有了《轩轩在英国》的故事，这些都被我以日记体的形式记录了下来。现在选取其中的一部分，以飨读者。八十六岁的母亲生病住院，我在医院陪伴了十一天，看到了医生的敬业和执着，也看到了病友之间的关照和守候，故记录为文；年节回到湖北老家，总能从餐桌上吃到我小时候的味道，因此就有了《吾家故事》的悠长。

生活依旧，细水长流。在这片园子里，在岁月的芳华里，沉淀属于自己的那份独特的风景。现在，我把这些文字合为一集，名曰《故乡三味》，希望大家喜欢。

目　录

第二辑　吾家故事

第一辑

轩轩在英国 _____

轩轩去读书

凌晨3点半，醒了。

赶紧拿出手机，看见女儿轩轩发来的微信："到了英国。"

我连忙起身，轻手轻脚走进卫生间，拉亮灯，关上门。坐在马桶盖上，和轩轩微信聊天儿。问轩轩："在希思罗机场，感觉还好吧？"

轩轩去年大学毕业，通过雅思考试进入英国谢菲尔德大学，攻读全球公共卫生管理硕士专业。年前，回国了。2月9日，轩轩原定乘坐阿联酋航班，经广州转迪拜飞往伦敦希思罗机场的航班，被告知取消。我们在网上找了好久，看见多家航空公司都取消了国际航班。眼看轩轩学校开学在即，这机票还没有着落。学业还是要的，不能不去啊。好不容易找到一家，是首都航空，从广州飞往西安，再从西安飞往希思罗机场。毫不犹豫，我们当即定下了7日上午从海口美兰机场飞往西安，再转机飞往伦敦希思罗的联票。本以为，这趟航班是首都航班，很稳妥。没想到，到了6日晚上，轩轩一声急呼："老妈，怎么又取消了？"

轩轩原本是不打算回家的。临近春节，轩轩说学校的假期有五十多天，2月10日才开学。想来轩轩一个人在英国，有些孤单，再加上又是中国传统的年节，所以，我们也就同意了。去年，我们在海南岛昌江买了一套三居室。这个新年，我们一大家子一路南下，从寒冷的南昌来到温暖的海南岛，在这里过了我们在海岛的第一个年。想着过年期间，在海岛上好好玩玩，过完元宵，就送轩轩去英国。之后，再各回各家，开始一年的工作和生活。

海南岛土地不算广，人也不多。昌江黎族自治县位于海南岛中部地区，西边靠海，往东是一片山地。或许是靠近海岸，风挺大的。三天两头，海风总能穿堂而过。虽然气温挺高，每天都有 30℃ 左右，但宅居在家，有点像南昌的 5 月天。只有大年初三初四那两天，寒流让我们穿了几天秋衣。

相聚虽然快乐，但这书还是得去读。临近 2 月 9 日，我们按部就班，计划着轩轩回英国读书的事情。

这些日子，因为一些不可抗拒的因素，航班总是被取消。常常是前一个小时买好了机票，还没来得及收拾行李，下一个小时就被告知，航班被取消了。

轩轩去往英国读书的事情，随着开学日子的临近，就有些着急了。

我有些不安。一方面担心因为不能买到机票，轩轩的学业不能按时完成。另一方面，担心轩轩即便飞到了英国，会不会因为一些原因，而遭到英国入境的为难？

但不管怎么说，我们还是决定，要飞。

6 日晚上，丈夫、弟弟、弟媳、大女儿和我聚集在卧室里，各自用手机查询，看还有没有飞往英国的航班。从首都航空看到东方航空，又从联合航空看到深圳航空……都没有航班的信息。此时，弟媳想到了她的侄儿，他曾在航空公司担任过地勤人员。弟媳说，看看他有没有办法。

抱着一线希望，弟媳微信联系了她的侄儿，说明了原委。弟媳的侄儿很快回了信。有一趟 7 日早晨 7 点 45 分从海口美兰机场飞往长沙的航班，可以转乘 7 日下午 1 点 30 分从长沙飞往伦敦希思罗机场的航班。就像在乌云密布的大海上飘零了数日，忽然看见了陆地的微光。伴着欣喜和担忧，我们立刻订了票。

这天晚上，我们炒了几个菜，提前一天过了元宵节。晚上，收拾物品的时候，又看见英国的朋友发来一条信息，英国政府正在考虑是否拒绝来自中国的所有航班，即便是正在飞往英国的途中，也将原路遣返来自中国的乘客。消息一旦落实，将于 7 日公布。如果联票飞行不取消，7日，正是轩轩在飞机上的时间，这个消息又让我们担心不已。

母亲叹口气说："当时不回来就好了，还是一个人飞。"

弟弟分析道，有三种情况：第一，无论是哪一趟航班，也许一个晚上，又会出现飞机停飞的信息，这样的话，根本就不用担心；第二，从海口飞往长沙航班正常，但是，从长沙飞往英国的航班取消，就直接再飞回海口；第三种情况，飞机落地希思罗机场，英国政府不让入境，就跟他们说明原因。学生总还是要读书的，相信，英国政府是有政策的。

我从微信群里翻出了一个电话号码，发给了轩轩，说："如果落地后真的有困难，就找中国驻英大使馆，说明自己是留学生，请求帮助。"

众多忐忑，让我们几乎难以合眼。7 日凌晨 2 点，我们开着车，出了昌江县城。在夜色中，前往二百公里以外的海口美兰机场。海南环岛高速环线上车辆本就不多，又是深夜，除了遇见几辆小型货车，基本上是畅通无阻。在美兰机场大门处，有几个工作人员，拿着扫描器在我们身上刷了一下，就过关了。

轩轩一个人走过了海口美兰机场安检。在此，我们挥挥手，暂作告别。

都说儿行千里母担忧，这一天，我不知道是怎么打发时间的，时刻关注轩轩的微信，生怕漏掉了一条。7 点 50 分，轩轩发来了第一条信息："787 飞机，只有 19 个人。"9 点 58 分，轩轩发来了第二条信息："好快，到了长沙。"我连忙给轩轩发了几条信息，无外乎叮嘱她照顾好自己，买一点糕饼之类的，坐下来吃。下午 1 点 55 分，轩轩发来了第三条信息："上飞机了，787 飞机，人还是很少，座位可以随便坐。"我的心稍稍放了下来。至少，轩轩可以飞到英国去了。

接下来，是漫长的十二个小时的等待。我对轩轩的姐姐说："这趟航班将在北京时间 8 日凌晨 1 点 30 分到达伦敦希思罗机场，也就是伦敦时间 7 日下午 5 点 30 分。这么晚，我们等着吧，看看你妹妹能否安全入境。"

轩轩的姐姐说："老妈，太晚了，你去睡。我是夜猫子，我来等。"

我想了想，说："这样吧。你妹妹下了飞机，还要乘坐火车赶往学校。最让人不放心的，是她下了火车，离学校还有一段距离，要打车。我先睡会儿，等会儿我来联系她。"

3 点半，闹铃醒来。看见轩轩发来的已经安全抵达伦敦希思罗机场的信息，还有她和姐姐的聊天儿信息。轩轩说："现在在火车上。"

睡意全无，我干脆就待在卫生间里，和轩轩聊天儿。我问："希思罗机场安检，还好吗?"

轩轩说："还好，只是问了我几个问题。从哪里来，来干什么，准备去英国哪个地方，要在那里待多久等。"

看来，弟弟的分析挺有道理。

怕吵了家人，我一直躲在卫生间。从凌晨 3 点 30 分到 6 点 15 分，陪着轩轩文字聊天儿或视频通话。看着轩轩下火车，看着轩轩上出租车，看着轩轩和那位方向盘在右边的英国男司机交流，看着轩轩拎着行李下了出租车，看着轩轩走过夜色中的大街小巷，看着轩轩走到租住的大楼下，看着轩轩打开那栋大楼的玻璃门，看着轩轩走进一楼大厅，看着轩轩走进那条铺着蓝色地毯的通道，看着轩轩打开自己的房门，看着轩轩走进自己干净整齐的小房间，看着轩轩关上身后的房门。那一刻，我的心才完全放了下来。

然后，我叮嘱轩轩："去卫生间洗个热水澡，把身上的衣服全部换掉。把头发吹干，好好地睡一觉。"

给轩轩发完了这条信息，我走出了卫生间。早上 6 点 15 分，昌江县城很安静。窗外，夜色依旧深沉。不远处，马鞍岭墨一样蜿蜒。一点微光，隐约勾勒出山岭的轮廓。

天，快亮了。

达西庄园与羊驼

几天后，轩轩给我发来了一张照片：湛蓝的天空下，是一片辽阔的草地，草色碧绿，绒绒的像地毯一样。顺坡而下，远远地，是一座庄园。蓝色的天空，碧绿的湖水，绿色的小草，奶黄色的三层楼，没有人声的喧嚣，显得特别宁静。

我问轩轩："出去玩了，这是什么地方？"

轩轩说："这是谢菲附近的一个庄园——达西庄园。老妈，这个庄园你应该知道的。"

我说："我又没有去过英国，怎么会知道？"

轩轩说："老妈你是学中文的，读过《傲慢与偏见》这部小说吧？"

我想了一下说："我在大学读过《傲慢与偏见》，这是英国女小说家简·奥斯汀创作的长篇小说，是以日常生活为素材，反映了18世纪末到19世纪初处于保守和闭塞状态下的英国乡镇生活和世态人情。"

轩轩说："老妈，你还记得里面的人物吗？"

我说："小说写了小乡绅班纳特五个待字闺中的千金，主角是二女儿伊丽莎白·班纳特。"

轩轩说："对啊，伊丽莎白·班纳特与哪一位男主角认识了？"

我说："伊丽莎白·班纳特在舞会上认识了达西，因为听说达西为人傲慢，一直对他心生排斥。两个人经历了很多误会，后来互相理解了对方，伊丽莎白放下了对达西的偏见，达西也放下傲慢。最终，两个有情人走到了一起。"

轩轩发来一个大大的拥抱，说："老妈，我现在就在达西庄园，这就是电影《傲慢与偏见》的取景地。"

我有些惊喜，给轩轩点了一个大大的赞。轩轩说："老妈，这个庄园原名是 Chatsworth House，已经有五百多年的历史了。就因为电影《傲慢与偏见》在这里取景出了名，后来就改了名叫'达西庄园'。"

我说："这个庄园确实美，下次有机会再去看一下《傲慢与偏见》电影。"轩轩说："老妈，我现在给你连线视频，看看达西庄园全貌。在谢菲，像这样的庄园还有几个，现在都还住着人呢。"

轩轩移步换景，随着镜头的变化，达西庄园呈现出了它的全部轮廓。典型的奶黄色的欧式建筑风格，方方正正，显得端庄而沉稳，与周边的景色形成了最美英式庄园风景。

轩轩的手机镜头里出现了两个人，一位女生，一位男生。女生一看就是中国人，留着斜长的头发。男生长着一副欧洲人的面孔，头发金黄而微卷。我说："轩轩，这是你的同学吧。"

轩轩说："老妈，这就是小张，那个男生是我们的英国同学，也是小张的男朋友哦。"

我想起来了，轩轩说过，在谢菲，她有一个好朋友小张，是同班同学。小张来自一个离异家庭，从小缺少父亲的关爱，母亲又忙于工作，极少关注她。平日里，小张是跟着家里的老人一起生活的。这次到英国留学，她的内心其实有一个私念，找一个英国的男孩子谈恋爱，如果可以，就落户英国。轩轩说："小张不想回家，她说回家没有温暖。没想到，小张这么快就找到了一个英国男同学做了朋友。"

达西庄园在阳光下现出一片温柔的色彩，蓝天绿草之间显得特别静谧。看着和轩轩一起走在庄园小径上的小张，长发虽披肩，身形却显得很瘦弱。小张一只手牵着她的英国男朋友，一只手挽着轩轩的胳膊，三人走在达西庄园的草地上，说着流利的英文，时常发出清脆的笑声。我悄悄地给轩轩发了条信息："多和小张聊聊天儿，做好朋友，互相关照。"

过了一会儿，轩轩又发来了一张照片，一个由粗木棒围起来的方圆宽阔的养殖场。一只温柔的手，攥着一把碧绿的青草，伸进了栅栏，在喂一只看起来像羊却比羊长得更萌的动物。这只看似羊一样的动物，长着高挺的身材，长长的脖颈，有点绅士。圆圆的脑袋上长了两只竖起来的角，毛茸茸的，好可爱的样子。

我说："轩轩，你这是在喂羊吗？"

轩轩说："老妈，羊有这么可爱吗，这是羊驼。"

我又觉得语塞，因为我没有见过羊驼，只是觉得它像羊，却又和羊不一样，似乎又有点像一只长得高大的狗。只不过，狗的脖颈没有它这般修长、优雅。

轩轩连接了我的视频，我眼前就是那只可爱的羊驼。远处，布满绿草的坡地上，散落了好多这样的羊驼，都在草坪上悠闲自在地散着步。轩轩说："这是一个羊驼养殖场。在英国，羊驼基本上都是散养的。只要用木棒围成一个大一点的圈，这些羊驼就会在圈定的范围内吃草，享受宁静的时光。"

轩轩的手里依旧攥着青草，喂羊驼。她的身旁站着小张，小张正和她的英国男朋友用英语聊天儿，聊得挺开心的，她的男朋友不时地笑出声来。轩轩偶尔也会冒出几句英语，小张和她的男朋友就哈哈大笑了起来。

三个年轻人在这片饲养羊驼的草地上用英语交流了好长一段时间，笑声不断。其间，轩轩弯腰从地上捡了几回草料。羊驼从一只变成了三只，它们都在栅栏的那一边，伸着长长的脖颈，穿过栅栏，围在轩轩的手边，舔食着轩轩手上的青草，六只眼睛在眼前的三个人身上转来转去，萌萌的，眼神很明净。

轩轩说："今天学校不上课，我就和小张一起出来走走看看。接下来，我们还打算去看看伦敦的泰晤士河，看看伦敦眼。"

我说："老妈没去过英国，你走到哪里都要记得拍些照片给老妈看看。"

公寓里的美食

冬令时，英国伦敦与北京大概有八个小时的时差。白天，我们或居家或工作，轩轩却在睡觉。我们和轩轩交流的时间，几乎都在晚上。似乎已经成了约定，每天晚上，夜深人静之时，我们都要和轩轩来一次视频。一则可以交流一天的见闻，二则，看见她好好的，我们也就放心了。

伦敦时间 12 点左右，是北京时间晚上 8 点多，我照例打开了视频，和轩轩聊天儿。先是聊食材够不够，我说："如果不够，就叫中超送货上门，价格贵一点，没有关系。一个人独自在外，照顾好自己才是最重要的。"轩轩说："前几天和一个女同学一起去了超市，买了好多吃的，冰箱都装不下了。"然后我们又聊起了在谢菲读书的同学们的情况。轩轩笑着说："同学们基本上和我一样，都喜欢宅在公寓里，在养膘呢。"接着我们又聊起了还要完成的作业，轩轩说："现在每天有好多作业，还有一篇论文，都要在这个时间来完成。"

聊着聊着，又回到了这个主题：要不要早点回国。轩轩有点烦了，觉得我每次都把过多回家的气息传递给了她，让她原本安静的心，受到波动。轩轩说："老妈，你放心，我知道该怎么去做。我还在读书，你老是跟我说这话，会耽误我的学业的。"

看我唠叨得多了，轩轩拍了一张公寓里的生活照发给我看。她把自己学习用的那张小桌子搬移了位子，紧靠在床头。桌子上放了电脑，几本书，还有一捧花。

轩轩拿着手机与我聊着天儿，走到公寓的一角，那里是一个厨房，全电子产品。她将手机靠在微波炉上，打开了冰箱门，里面果真琳琅满目，各种色彩的菜蔬映入眼帘。轩轩从冰箱里拿出几件食材，下厨做晚餐。平日在家，轩轩就喜欢跟着老爸下厨，在红肉白鱼和时鲜的菜蔬中学了不少厨艺。如今，一个人在英伦留学，食材在她的手下，调理得有点滋味。

轩轩边做菜边介绍，这是平底锅，那是电磁炉，那个是蒸锅，旁边的这个是炒锅……轩轩从墙面上取下平底锅，浇上热油，将几只饺子铺在了锅里。瞬间，听到了平底锅发出嗞嗞的声响。几翻锅贴，轩轩用铲子盛起了锅贴，金黄色的。隔着屏，都仿佛能闻到香。轩轩又摘下砧板，从挂着的筷子笼里取下一只小刀。将一块红肉放在砧板上，熟练地切了起来。透过屏幕，看到轩轩手法很娴熟，肉丝切得很均匀。点着火，轩轩将肉丝倒进炒锅，翻炒了几下，抛下几片绿色的配菜。立刻，红绿相间的一盘菜也就出来了。轩轩从冰箱里取出奶油，在那盘金色的锅贴上面淋了上去。

轩轩把这些食物盛放在碗里，端到了靠近床头的桌子上，笑着说："从现在开始，要坚守床头，坚守作业。"

也是，轩轩都二十多岁了，已是成年人。这次去英国留学，学的专业是全球公共卫生管理，个人健康与防护知识是知道的。也许轩轩的坚持，是受所学专业知识的影响吧。

夜半时分，轩轩在我们家的小群里晒了她做的午饭：虾仁滑蛋。轩轩拍了一张照片，一只碗，里面装得满满的。有红色的虾仁、白色的米饭、绿色的青豆、黄色的玉米、红色的西红柿，还有一些香料之类的，鸡蛋大概混在里面，看不出来，整体颜色饱满。香味，透过屏幕传了过来。

轩轩说这是她第二次做虾仁滑蛋。第一次做这个失败，第二次成功。轩轩晒出了网络上的原图，对比后，发现这道菜除了颜色上有些暗之外，模样都不错。轩轩的厨艺有了很大的进步。我们不约而同，在群里为她竖起了大拇指，开玩笑地说："从英国学成回来后，一定要下厨给我们弄一道这个虾仁滑蛋。"

第二天早上醒来，我习惯性地抓起手机，看见轩轩发来了三张照片。

第一张照片是三个塑料袋子，一大两小，每个袋子都装得鼓鼓的。轩轩说："送货来了。"另一张照片是一盘菜，轩轩说："白切鸡，超市送的，五磅一整盒。"

看见第一张照片，我赶紧回了一句："物资丰富，不错。"第二张照片，应该说是一个摆盘，盘子是轩轩做菜用的那只有着绿边的盘子。轩轩在盘子的中心放了白切鸡。白切鸡数量不多，盘子显得有些空。妙就妙在盘子的这些空余处，有不少绿色的叶子菜。一眼看上去，给人的感觉是荤素有致，色泽搭配得当，且不挤不散，恰到好处。

我脱口而出："白切鸡还有配菜啊。"但细细看来，其实轩轩并没有将整只鸡做菜，而是切下了两块。平日里，因为菜品丰富，遮住了盘子的底部。今日，白切鸡是绿盘的主题，轩轩在白切鸡上做了点加工，弄了点蒜蓉和酱醋之类的。食物稀稀疏疏的，散落在绿盘子里。这就让绿盘子底部的绿叶扬起了头，露出了真容。猛一眼看上去，还以为是绿色的菜叶呢。

第三张照片，轩轩说是凉拌三丝。有黄色的土豆丝、白色的豆芽丝、绿色的香菜叶，还有红色的辣椒条。我打趣地说："这明明是四丝嘛。"

轩轩说:"完整意义上来说,香菜和辣椒都不是丝,只能凑合了。口味嘛,就是有点清淡。"

我快速地打了一行文字,附上一个笑脸表情包:"丰富的食材,健康的美食,不要吃成一个小胖墩哦。"

第一个红包语：万里报平安

从今天开始，给轩轩发红包，今天是第一个，金额不大，六元六角，红包的上面写着："万里报平安。"

发红包的目的有几点：第一，可以联络感情，给轩轩一点小小的期盼，每天睁开眼睛就能收到红包；第二，给轩轩一个鼓励，数字为六六，意为一切顺利；第三，轩轩收了红包，我们也就知道她平安；第四，红包上每天写下一句话，文字有点特色，既可以提醒轩轩生活和学习要注意的事项，还可以有点生活的情调。

轩轩收到了红包，给我回了一句话："美滋滋。"

早上睁开眼睛的第一件事，就是看手机。了解轩轩在英国的中餐和晚餐。轩轩发来的图片，中餐和晚餐都是面，里面加了些绿色、红色的佐料，一小碗肉。轩轩将面碗放在了一盆花旁拍照，还挺有生活情趣的。轩轩说："做啥都好吃，怪不得瘦不下来。但蔬菜只剩下青豆，吃腻了。"

我说："看到了，色香味俱全。蔬菜没有了，先吃点别的。多吃点，吃好睡好免疫力就强，身体就好。另外，还可以叫中超送货。只要还有吃的，就安心学习，我们是你留学英国最强大的后盾。"

轩轩发来了几个表情包，哈哈大笑。随后，她又发来了一段文字说：

我辈万里求学，辞别父母亲朋，独坐空房中。挑灯夜读至天明，忽觉人生畅快事，当是诗酒少年时。潇洒肆意行如风。目下虽无消闲，胸中阅历倍增。房中不是愁城，书里乾坤顿生。少年意气正盛，自当不负此生。

　　我很是惊讶，感觉这不是轩轩的风格。轩轩说这是一位留学女生写的，在留学生群里都传开了。我再次细读了一遍，虽不讲究韵律，却也写得意气风发，这正是青春该有的模样。

　　一连多日在几个留学生家长群里转悠，白天，大家都忙于工作，言语交流不多。到了晚上，沉默了几个小时的留学生家长群，活跃了起来。大家开始讲一些笑话，感觉气氛活跃了许多。还有家长发来了几首苏格兰民调，那些民族乐曲，悠扬舒缓，让人很是陶醉。

　　连续听了几遍苏格兰传统民谣，不觉想到了民谣的故乡苏格兰。那是一个美丽的地方，是我未曾到过的地方。但是，我的轩轩正和群里家长的孩子们在那里留学。我们，这些孩子的爸爸妈妈，最高兴的事莫过于在群里晒图：晒自己孩子的留学生活，晒自己的孩子学习之余在山海之间拍摄的风景。那一张张照片，画面感十足，异域的风情就这样越山跨海，出现在我们的眼前。

　　与群里的一位朋友聊了好久，他也是江西的，他的女儿比轩轩小几岁，目前在英国谢菲尔德大学读本科，今后还将继续在此读硕。我们互相谈到了女儿在家和在英国留学的生活。感觉女儿独自一人出远门，虽然不放心，但都能从生活上让人操心走到可以把生活料理得有条有理，这是一种成长。对于孩子们在生活学习中遇到的困难和逆境，我们很心疼，却也很无奈。但我们彼此一致认同，这是一场磨砺孩子，也是磨砺家长的精神之旅。

月儿弯弯，我给轩轩发了一条信息，把那首动听的苏格兰传统民谣发给了她。过了一会儿，轩轩给我回了条信息："老妈，你也喜欢这些民歌啊，你等会儿，我唱给你听。"

很快，轩轩发来了一条音频。点开来，轩轩的歌声立刻盈满我的身心。自小轩轩就喜欢唱歌，而且音准和音色都很不错。夜色微凉，我走到阳台上，静静地听轩轩的清唱，内心一片安宁。

夜半时候，睡不着觉的我用语音给轩轩讲了一个故事：

在南朝的时候，有个人名叫吕僧珍。他生性诚恳老实，待人忠实厚道，还是一位饱学之士。他对晚辈耐心教导，严格监督。所以他家的成员都待人和气，品行端正，形成了优良的家风。一时之间，远近闻名。

此时，南康郡守季雅因为为官清正耿直、秉公执法，得罪了很多人。终于，季雅被革了职。离开了府邸，到哪里去住，成了季雅被罢官后的一个首要的问题。几经选择，季雅花了一千一百万钱的高价，在吕僧珍家的隔壁买了一处并不算好的房子。当吕僧珍前往拜访新邻居，得知价位后很是吃惊，说道："据我所知，这处宅院已不算新了，也不很大，怎么价钱如此之高呢？"季雅笑了，回答说："我这钱里面，一百万钱是用来买宅院的，一千万钱是用来买您这位道德高尚、治家严谨的好邻居的啊。"

俗话说，远亲不如近邻。好的邻居可以助力他人的成长，解除他人的困境，影响他人的修为，成就他人的好家风。

轩轩不解地说："老妈，你为什么讲这个故事给我听啊？"
我说："你慢慢听，慢慢想。"

我接着说："我们这些来自九百六十万平方公里土地上的留学生家长，像一只只大雁，被领头雁领进这个大家庭里，这个大家庭就是我们的留学生家长群。现在，我们这些留学生家长就成了邻居，你们这些留学生不也成了近邻了吗？"

"哦，老妈，你的意思是要我和周围的同学好好相处啊。"轩轩笑着说。

"你说呢。"我回了轩轩一个微笑。

记得前些日子，我稍作了统计，不知不觉，我居然进了二十多个群。这二十多个群，各有特色，总结起来大致有以下几种：华人在英义诊群，中医健康咨询群，在英华人物资保障群，英伦华人健康群……更多的是留学生家长群。

群的和谐，在于每一位家长。家长是独立的个体，有自己的工作、生活和人生的轨迹。但在这里，我们有着一个共同的身份：留学生家长。我们还有一个共同的目标：孩子们学业顺利和人身安全。我们从这个大家庭里得到关爱，得到温暖；并且，得到信息，得到帮助，也得到快乐。

轩轩发来一个惊讶的表情包："老妈，你进了这么多群啊。"

我又回了轩轩一个微笑的表情包，继续语音讲故事：

谢菲这座城市有许多区域，这几天，我们这些妈妈又各自进了你们所租住的那个区群，认了近邻。这样一来，大家彼此就觉得更近了。原因是有一个妈妈说了一件事：那一天，远在国内的她给孩子发了很多信息，但孩子都没有回信。虽然后来孩子回了信息，但还是让这位妈妈感觉到了害怕。她告诉大家，当时她的心里非常着急，简直要崩溃了。

因而，群里的家长们就有了联系孩子们所在公寓附近的同学这种想法，万一哪天因为什么原因，联系不上孩子了，还可以联系一下近旁的同学。这样，总比让远在万里之遥的爸爸妈妈坐在家里干着急要好得多。

轩轩快速发来一段话："还有这样的事情？两地时差不一样，相当于一个白天一个晚上，肯定会有联系不上的时间。"

我接着发语音："其实，老妈也曾有过这种经历，还是你住在谢菲第一个学生公寓的时候，因为距离学校有点远，我总是担心你路上的安全。有一个周末，到了下午，我呼叫你，你没有回我，我心里七上八下的。等到傍晚，还不见你回我，我急得坐卧不宁。我立刻去联系去年和你一同去英国的那两个同伴，让他们在本地帮忙联系你。一次不行，两次；两次不行，三次。直到你睡眼惺忪地告诉我自己好好的，老母亲这颗上下乱窜的心，才落回了原处。"

轩轩发来一个大大的嘴巴说："时差的问题，我在睡觉哦。"

我接着说："所以啊，当这位家长的想法提出来以后，立刻得到了群里家长们的赞许。很快，区域家长群也就横空出世了。"

第一个晚上，我们这个区的互助群就特别热闹。大家在一个群几个月了，本就已是熟悉的老朋友了，此刻，更因为彼此是近邻而倍感亲切。在呼前喊后的相邀中，再次找寻一堵墙之隔的邻居。即便没有找着，也乐在其中。

瞧，我们妈妈们一高兴，与之相应的诗句就出来了。

可可妈说："天涯若比邻。"

逊妈说："群里皆知己。"

宸妈说："地球一个村。"

我说："这要是在英国，我们就可以开窗隔空聊天儿了。"

多么有诗意的夜晚，多么有情趣的互助群，多么有智慧的妈妈们。

当晚，群里的娘子军代表晗爸果然有军代表的风度，一挥手，一片彩虹划开了夜的黑幕，给我们留守几个月的妈妈们送来了一波红包雨。

家的氛围，家的气息，原来就是这样的。这就是我们的中国好邻居们。

我问轩轩："你觉得她们可爱吗？"

轩轩发来一个大大的笑脸，附上一句话："老妈，你真可爱。"

谢菲的夜很安静

今天给轩轩发了第七个红包，上面写着："勤洗手可追剧。"

早晨 7 点多醒来，轩轩那边不到夜半零点，还没睡，我们就聊了起来。轩轩说："垃圾很多了。"我说："垃圾不能久留，会产生毒素。"轩轩说："垃圾桶在公寓楼下，现在去扔垃圾。"

轩轩穿上外套，戴上手套，穿上球鞋。我再三叮嘱她带上门钥匙。这万一没有钥匙，进不了家门，夜半三更的，一个女孩子独自一人在外面晃荡，不说别的，就是人身安全，实在是一件让人不放心的事。轩轩开着手机，一路与我们视频。看着她在公寓里转了几道弯，推开几道玻璃门，下了楼，走出公寓，来到大街上。不远处的路边，有几个黑色的垃圾桶。

也许是夜深了，谢菲很安静。街道上亮着昏黄的路灯，没有人。远处，有几家还亮着灯火。

轩轩快速走到垃圾桶旁，扔了垃圾，转身走进公寓大楼。转了几道弯，上了几道台阶，回到了公寓。我叮嘱女儿："赶紧去洗手，做好个人卫生防护。"看着轩轩在屋子里完成这一切，我才放下心，说："好晚了，洗洗睡吧。"

留学生的家长群里，妈妈们的声音永远是热烈的。这几天又出现了一个问题，有位妈妈说她的孩子去中超买食材，总是太单调，孩子营养跟不上，怎么办？

妈妈们的智慧永远都是最强大的。这不，自 3 月初到现在，群里的妈妈们一直在交流，如何以最稳妥、最快的速度，让孩子们生活无忧虑，学习顺顺利利。

至于每天所需要的生活必需品，妈妈们的意见还是很统一的，可以让超市送。谢菲尔德大学有中超，可能需要送货的人多，所以，中超规定需得购买五十五英镑以上的货物才送上门。轩轩说，她已经下单一个多星期了。这么多的学生都需要购买，即便是超过了五十五英镑，也仍然没有配送。

说实在的，我有些担心，轩轩不会吃了上顿没有下顿吧。

想起了前些日子在留学生家长群里看到的一条物资配送的信息。这是一家位于英国伯明翰的中超，老板是中国人蔡会长。从介绍的图片上看，物品很丰富。蔡会长说，自己是老板，也是员工，业务都由自己亲自配送。他又说，伯明翰距离谢菲尔德那么远，他只能一周送一次，而且会把运费加上去。我觉得这是一个好办法，轩轩可以安心学习，我们也只要多花一点运费。因而，特别把这家超市的录像资料和物品清单发给轩轩看。

轩轩说："学校这边有中超，但就是不送。如果要送，一次性购物价格需超过五十五英镑。"我说："我把这条信息发给你，是希望你在需要的时候，可以考虑。一个人在外，我们还是要做多种准备。万一这边的中超不送货，还得寄希望于这位蔡会长。不管哪家送货，我们都要吃好，睡好。只有这样，学习才能好。"

我联系了蔡会长，希望他能给谢菲这边的孩子送食材。都是中国人，感觉贴心。轩轩却说："放心，现在物资准备得很充分。等到需要的时候，再联系蔡会长。"

伯明翰的蔡会长是个很不错的老板，天天在外面跑。不是走在为东方超市进货的路上，就是走在为我们留学的孩子们送货的路上。今天，在群里看见他发来的视频。一辆蓝色的小车，穿行在黎明前英国的小镇上。蔡会长似自言自语，又似与我们交谈。今天蔡会长去的是考文垂，给孩子们送货去了。也不知道有多少这样的日子了，从夜晚开到天明。远方，一轮红日正从地平线上升起。红砖房屋的街道上空无一人。蔡会长说："虽然英国已经进入了4月，但是，还是要穿很多衣服，丝毫也看不到春天的迹象。"蔡会长是去水产市场进货的。随着他的视频，看见偌大的水产批发市场空荡荡的，只有几家零星的卖主。蔡会长用英文与摊主聊了几句之后，告诉我们："摊主说，这些还只是库存，现在没人去打鱼了。"

北京时间下午4点，轩轩醒了，给我发了个表情：夜晚的空中，一个仙子，一手拿着一只发着金光的袋子，一手起劲地拍打。点点金光从袋子里飞出，往四周散去，就像是给黑暗的人间送来点点希望一样。好温暖的画面。

我故意问轩轩："这是什么意思啊？"轩轩不语，只是叫我猜。好吧，我就猜是"小仙女"，轩轩哈哈大笑。任何画面，只要你认为是温暖的，即便是暗夜，也是一片光明。

我问轩轩："在干什么？"轩轩抛来了一个流泪的表情说："在写论文。"我说："好啊，好好写，你是学公共卫生管理的，结合卫生管理的情况来写，说不定可以得到高分呢。"女儿说："不可能。"我说："为什么？"女儿说："你不知道，中西方文化是有差异的，思维方式也有很大的不同。写论文也是这样，我觉得我写得很好，但是一到老师手上，老师都会认为我有许多不足，要我改。"

我说："这很正常啊。老妈我也是老师。每次看学生交上来的作业，不是字不顺眼，就是答题的思路有问题，或者是中间的某个细节有不足，最不养眼的作业会被我全盘否定，要求学生重做。你们老师也都是成年人，看问题的角度和思维肯定和你们不一样。你们还年轻，思维模式是前卫的，是跳跃的。老师年纪大一点，成熟一点，他们的思维和我一样，应该更趋向于传统和理性的。"

轩轩递了我一个白眼的表情说："好了，我写作业，不和你聊这个问题了。"

就给孩子邮寄物品一事，谢菲的留学生家长群里永远都有最活跃的一群人。他们你一言我一语：有的说通过 EMS 邮寄，有的说目前中国到英国最快的是 TNT，两至三天就到，但立刻就有家长说 TNT 快递不能邮寄药品，只能寄生活用品。一位家长慢悠悠地说，现在压货很多，抵达英国的时间基本上是十五至三十天。另一位家长急匆匆地冒了出来说，她的 EMS 快递都十天了，显示还在邮件处理中心，昨天问了，对方说最慢也许要两个月。最后一位家长叹口气道，她的 EMS 快递还在茫茫的大海上漂着呢。

妈妈们都很着急，可是真正在英国留学的孩子们，可没有妈妈们这么心焦。瞧，一位乖巧的女儿，就给她的妈妈写了一段话。女孩是这样写的：

> 希望我妈不要再看新闻了。居家本来挺幸福的，而她偏偏觉得我周围全是危险。我只会因为斗地主凑不出飞机和顺子焦虑，但她因为寄的物品太慢，甚至为听说我买不到鸡蛋而烦恼。新闻是她焦虑的来源，而她是我焦虑的来源。

事实上，连同轩轩在内，目前很多留学英国的学生都是这样的心态。他们宅在公寓里，有作业的写作业，有论文的写论文，没作业的打打牌，再或者上网玩玩游戏，和同学手机视频聊聊天儿。他们宅在公寓里，觉得是难得的享受，是可以养膘的日子。

这不，群里的妈妈们又想出了新话题：晒孩子们的饮食作品。一张张图片，带着色香味，从屏幕里扑鼻而来。有虾仁滑蛋、酸辣鸡脚、香辣鸡柳、韭菜盒子、豆腐辣椒、鸡蛋煎饼、西红柿炒蛋、红烧肉片、面包加辣酱、卤煮鸡蛋和腐竹、小炒青豆玉米粒……香甜的米饭，脆糯的鸡脚，红嫩的肉食，香甜的瓜果……荤素搭配，摆盘、刀工都不错。

一张张画面，一张张感动。谁能想到，这是一群在异国他乡求学的孩子做出来的菜肴，而且还是在当下。不知道的，还以为是一群心灵手巧的妈妈做出来的美食。生活是一部教科书，而困难更是一台催人成长的加速器。这些孩子，都是爸爸妈妈的掌中宝、心肝肉。在家里，他们多数并没有这样的作为。也许饭菜张罗在了桌上，还要再三喊叫，才会漫不经心地来就餐，给爸爸妈妈们一个面子。

这天夜里，同在江西工作的那位好友告诉我，他已经给女儿订下了6月20日返回国内的机票，同时，还订好了女儿9月返回英国继续学习的机票。他的女儿读大二，自然还是要去的。往返机票，花了一万九千元人民币。他告诉我，现在订票，不仅便宜，还不紧张。不然，等到毕业季，又会出现抢票的高峰。这是个聪慧的爸爸，很有前瞻眼光的好爸爸。

轩轩只说了一句话：我爱中国

今天给轩轩发了第八个红包，上面写着："听音乐放松心情。"

昨晚 11 点左右，我还在联系伯明翰的蔡会长给轩轩配送生活物资。先把蔡会长发来的物资清单给轩轩看，有各种蔬菜、水果、酱料、面食、海鲜、饮料、生活用品和防护用品之类的。又将蔡会长发来的填写物资的表格发给轩轩，让她赶紧填写。蔡会长说伯明翰距离谢菲挺远的，这些日子，自家仓库里的员工因为可以享受政府的补贴，都辞职回家了。他只能找来几个厨房里的工人，日夜接单。然后，还得亲自去送货。他特别强调了送货的方式，是开车到公寓楼下，电话联系，等待取货人。谢菲这边准备定在每周五跑一次。所以，大家早些准备好清单，他也好早做准备，但是需要加运费。这个我们都没有意见，毕竟人家也辛苦。孩子在外求学，能找到一个愿意为我们的孩子送吃的喝的之人不容易。

到了零点，轩轩终于写完了清单，基本是些吃的，有少量生活用品。轩轩买了较多可留存的食材。我有些不解，问她为什么不买新鲜的。轩轩说："这样可以少出去拿快递或者去超市购物。多数时间宅在公寓，要写论文呢。"

上午，二姑子和她的儿子文峰、媳妇淑芳一起来到我们家。年前二姑子帮我们买了些生活用品，这次给我们送来，顺便来看看我们。二姑子见我有些担心远在英国的轩轩，就安慰我说："我们单位的现任处长和前任处长的孩子都在美国学习。"文峰说："我们单位有家儿子女儿都在英国，生活都很好。"二姑子说："嫂子，放心，女儿这么大了，知道该怎样学习，怎样生活的。"

因为难得来，他们想和远在英国的轩轩视频通话。此时正是英国的凌晨4点，视频打过去之后，轩轩居然没有睡觉。年轻人的生物钟与我们就是不一样。开朗活泼的淑芳鼓励轩轩宅在公寓里开网络直播，向大家介绍自己是如何宅居英国公寓安排生活完成学业的，并笑着说肯定会吸粉，成为网红。轩轩说自己从没有想过要当网红，只想好好地吃一顿火腿肠。这些年轻人哈哈大笑。淑芳说，轩轩你别说火腿肠，等你学业结束回国了，我们去吃大螃蟹，想吃什么大餐都可以。视频那头，轩轩笑了。淑芳说，好久没有看见轩轩笑了。

也许是氛围的快乐，文峰、淑芳和轩轩一直聊着天儿。天南海北，聊得相当快乐。想想也是，我在与轩轩的交流中，传递的是家长里短的信息，更多的是成年人内心的思想和理念。这种情绪不太被年轻人所接受，只是碍于面子，有时候敷衍着我们。所以，轩轩不太愿意与我多交流，更多的时候，是我联系轩轩。

下午，轩轩告诉我，她与一个在美国读研的同学聊天，那个同学的爸爸妈妈要他回国，他也没有打算回国。从美国回国的机票价格现在已经是经济舱九万元，商务舱二十万元，而且还是一票难求。轩轩说："真可怕，有点担心这位同学。"同时她很庆幸自己在英国谢菲这个小城市里读书。我说："现在哪里人少，哪里就有优势。但也不可掉以轻心，也许哪一天，英国的机票价格也要涨。"

我告诉轩轩："刚在留学生家长群里听家长们说，你们这批研究生签证到9月期满。家长们都说了，今年9月你们这些学生一起回家，12月家长们再相约一起来参加你们的毕业典礼。"

轩轩高兴地说："好！"

我们一直聊着天儿，不觉时间走得很快。轩轩说她的发际线后移得厉害，要睡觉了，不然都要成秃子了。我一看时间，英国时间凌晨5点。我说："是的，赶紧睡，一定要吃好睡好，免疫力才强。"

　　山东的一位妈妈建了一个谢菲研究生家长群，这个好。我是第二百个移步这个群的。感觉加了这么多群，这个群基本上是步调一致的。第一，我们的孩子都是读硕；第二，可以自由交谈我们和孩子共同面对的学业和签证等问题；第三，大家都是真心谈眼前孩子们面对的一些问题，没有负面情绪。在面对如何给孩子们解压这个问题上，大家各抒己见。我把每天给轩轩发的红包晒给了大家看，大家都觉得不错。不在于钱多钱少，而在于每天看见孩子收了红包，就是平安。

　　今天上午，中国山东省赴英国联合工作组一行十五名成员，从遥墙机场出发赶赴英国，这是山东省首次派出援外工作组。据了解，中国山东省赴英国联合工作组十五名成员中，有六名为医疗专家，包括两名疾控专家、一名中医医生、一名西医医生、一名心理医生和一名护士。他们将在英国当地开展流行病学调查、防疫知识宣教、疾病预防救治等工作。此次工作组出征，还随身携带了十七吨医疗物资，包括中医药、预防知识宣教品、医疗防护物资等物品。

　　轩轩可能在他们的学生群里看到了，醒来后第一时间告诉我，山东赴英了。我立刻发了几张网传的中国山东省赴英国联合工作组在机场上的照片。照片上，天空晴朗，一架飞机静静地停在山东遥墙机场。中国山东省赴英国联合工作组人员站在飞机前，手里举着标有中英两国国旗的宣传单，精神饱满，给人以希望。他们牵着一条横幅，上面写着："携手同心，守望相助。"

　　轩轩发出了一个流泪的表情包，只说了一句话："我爱中国。"

　　我的眼泪也不争气地流下来了。但我不能表露，只给轩轩轻轻地回了一句："毕了业就回来了。"然后，我放下手机，走进卫生间，拿起洗脸巾，使劲地洗着我的脸，还有我的眼睛。

购买生活用品

今天给轩轩发了第九个红包，上面写着："适当运动增体力。"

伦敦今天进入夏令时，与中国的时差为七个小时。

上午，点开谢菲物资配送群，看见群里有家长在发牢骚，说蔡会长说的周五配送物资，怎么现在到了周日，没有送货，还在加人，这要是配送的肉啊什么的臭了怎么办。蔡会长在群里说明了原委，请大家原谅。这么多的孩子，每个人都要配送，人都累晕了，昨晚上一直忙到半夜2点才休息。现在自己超市的员工都回家了，人手本来就不够，包括送货，都只能是老板亲自出马。

中午，蔡会长在谢菲物资配送群里发了一条视频，告诉我们他还在伯明翰忙着给孩子们的食材配单、装车。十几分钟后，蔡会长出了门，自己开车，一个人给谢菲的孩子们送货。视频很清晰，蔡会长一路开车，一路直播。远在国内的我们这些爸爸妈妈通过蔡会长的视频，看到了英国欧式的建筑风格，田园中十分静谧，并不宽阔的公路，却相当干净。因为路上有点堵，本来三个小时的路程变成了近四个小时。北京时间下午4点多，蔡会长终于到了谢菲。蔡会长送货很有经验，他在这里安排了一个留学生，让接收货物的同学们都进了这个小群，同时发起了位置共享。这样，就知道孩子在哪里，以最便捷的路线来安排送货路程。蔡会长说："昨天送货，因为不熟悉地形，满街乱窜，花了整整六个小时才送完。"谢菲接货的学生们也很灵活，他们在共享中标明自己的位置，按路排序，不浪费时间，恰到好处地安排自己下楼的时间。

这种送货模式，很新颖。看得出来，轩轩也很高兴。都快弹尽粮绝了，怎么能不高兴呢。看见我们家族群里轩轩发了一张卡通图片：一个女孩子，骑着一辆小电驴，一路往前跑，好可爱。

北京时间快5点了，轩轩还没有接到货物。轩轩说："按照蔡会长的路线，我这里应该是最后的。"我说："没关系，你就在公寓里等吧。"我叮嘱轩轩，以后早点点单，点得充足一点为好，免得手忙脚乱。

但愿今天的晚餐，孩子们都能有丰盛的食物。

带着祝愿，我昏沉沉地睡下了。因为记挂着轩轩是否接到了蔡会长送的食品，凌晨4点多，醒了。拿起手机，看见轩轩发来的一句话："你先别交钱。"

现在是英国的凌晨，怎么回事？但轩轩已经睡了，暂时问不了原委，心里七上八下的，只得等轩轩醒来。

不仅仅是食材短缺，药品也是要囤一些的。上个月的中旬，在英国伦敦的中医药群，我给轩轩买了一些提高免疫力的预防药。用水掺和着喝，轩轩说像板蓝根，看着苦，喝起来不苦。今天又看见有一个群，正在招募买药的家长，说是国内的一家药厂，可以替我们这些有需要的家长采办爱心药包，寄往英国。价格固然是有些高，但想来我本也是要给轩轩买些感冒之类的药品，就通过他们发出来的小程序，帮轩轩购买了一些。数量分别为A包2、B包2、C包1。A包是药物，有藿香正气、正柴胡冲剂等，B包是防护用品，有酒精、洗手液、湿巾等，C包是医用棉纱和测温枪等。目前除了运费未加入，大概有1530元。

我跟轩轩说，价格不重要，重要的是你的安全。

昨晚盯着手机看蔡会长给孩子们送物资时间太长了，夜半3点多才睡觉。今天早上起来，头晕晕的，脖颈有些僵硬。但还是抓起床头柜上的手机，快速扫过各种群。看见了我们家的小群里，轩轩在凌晨4点多拍来的四张照片。冰箱里全是需要冷冻的食品，有奶、果汁、罐头、冻肉、鸡蛋、蔬菜、玉米。柜子里也放满了食品，瓶瓶罐罐一大堆。纸盒箱里有几板鸡蛋，地上一扎矿泉水。窗台下的地板上还有几个小纸盒，里面满满的都是一些瓶瓶罐罐。这么丰盛的食材，半个月不出门，都是没有问题的。轩轩给我留了言，叫我先别给蔡会长付钱。我本来也不知道是多少钱，自然是不会提前支付的。

第一眼看见这么多食材，还以为是蔡会长送来的。但是一想，不对。我看过轩轩点的菜单，没那么多啊。轩轩还给我发来了一段话，大意是蔡会长把她和小张的购物单给漏了。原来，昨天傍晚，轩轩在公寓等了两个小时，当蔡会长来到楼下的时候，只给同楼的另外两个学生送了食材。此时天色渐晚，没有吃的怎么办？好在谢菲这座城市并不大，去超市的路十分钟。轩轩只能只身一人前往超市，自己选购了这些生活物品和食材，再回到公寓。

我的心一下子就拎到了嗓子眼儿。怪不得，看见了轩轩发在群里的一张照片，那是夜晚的谢菲。华灯已上，夜色静谧。原来，是轩轩在独自前往超市的途中拍下的。天黑黑的，一个女孩子独自一人前往超市，我这个当妈的，着实担心了一把。

下午，睡了一觉的轩轩醒了。物资充足，轩轩也挺自信。她说做一个蛋炒饭，于是，一骨碌从床上爬起来，准备食材。鸡蛋、蔬菜、香葱、肉末和米饭。乒铃乓啷，一会儿工夫，一碗颜色和配料看起来都不错的蛋炒饭就出锅了。轩轩在家的时候就常下厨。现在，独自生活，每天都要料理自己的生活，面对各种的食物，操作多了，厨艺越来越老到。

晚上，与轩轩视频通话，我再三叮嘱轩轩："这次我们订得匆忙，蔡会长从大老远的伯明翰来，也忘了。下次我们早点下订单，有备无患。如果非要去超市，一定要白天去，邀个伴。两个人一起去，老妈才放心啊。"

　　轩轩这是第一次出国，也是第一次出远门。独自一人在他乡求学，不仅考验轩轩对待学习的态度，更重要的是考验她独自一人生活的能力。几个月下来，她能灵活处理自己的生活与学习，处理突发情况，且吃得好睡得好，看来，轩轩真的长大了。

和轩轩闲聊

今天给轩轩发了第十二个红包，上面写着："吃饭睡觉有规律。"

我拿起手机，给轩轩发了一条信息："棉纱拿到了吧？"轩轩立刻给我回了信："拿到了。"这个棉纱是上次和中药、酒精等物品一起在伦敦的那家中医药公司买的。第一次邮寄的时候没在单子里，后来补寄的。现在，拿到了就好。

今天是 4 月 1 日，从 1 月 18 日到 3 月 31 日，我休了一个漫长的寒假，整整七十四天。这是自我当老师以来，史无前例的一次寒假。仅在海南，就待了四十五天。今天，学校要求初三毕业班的老师和全体行政人员上班。作为毕业班的老师兼行政人员双重身份的我，是一定要来学校上班的。

上午 9 点，来到了久违的学校。在门口，被保安拦住。登记之后，步入校园。七十四天未进校园，感觉校园是那样肃静，但是很干净。只是 4 月里的校园本该活泼的气氛没有了，举目之处有些冷清。楼道和弯道处，设置了很多警示牌。为了迎接毕业班复课，前两天，学校已经组织了毕业班的班主任和有关老师拍摄了复学 VCR。上课、路队、吃饭、行走、留置、交流等都有良好的示范。复学是大事，丝毫马虎不得。

上午，谢菲研究生的家长群里一位家长给我发来了她女儿的微信名片。她告诉我，她的女儿和我的女儿住在同一幢公寓里，都是独自一人间。希望两个人能认识，互相有个照应。我立刻把这个信息转给了轩轩。轩轩说："那天蔡会长送货的时候，看见了她，已经加了微信。"

　　我说："太好了，我也加了她妈妈的微信。以后有什么事情，你们俩可以互相帮助，我和她妈妈也有话可说了。"

　　此时是英国伦敦时间夜半1点。我说："太晚了，你要睡觉了。"轩轩说："现在精神很好，想和您说说话。"我说："那好吧，说完就睡。"

　　轩轩说："今天还没找人聊天儿，有点憋闷。"我说："你和这个女生住在同一幢公寓里，平日里，你们可以聊聊天儿，多沟通。比如，两个人都没得吃的时候，可以相邀一起去超市购物。这样，就不憋闷了啊。"轩轩说："哪有那么好的心情去逛超市。"我说："完成了作业，就一起出门散个步啊。"

　　轩轩又问我："今天是什么日子？"我说："4月1日啊。"轩轩说："今天是愚人节。"我说："那你告诉我了，我知道了，你就愚弄不了我啊。你等会儿去愚弄一下你老姐和小橙子吧。"轩轩说："咋愚弄？"我说："你自己想花样，不能被他们看破了。"轩轩说："花样没有。明天我玩的游戏要出新活动，这个有点期待。"随即给我发了个期待的表情，一副很得意的样子。

　　我问："明天玩什么游戏？"轩轩说："一个手机游戏，打怪升级。"我说："和同学一起玩？"轩轩说："不算吧，就游戏里的好友，聊下天啥的。"

　　之后轩轩又发了一个"香菇蓝瘦"的表情，说："今天我们老师通知，之前准备的小组演讲取消了。作业白写了，表格做了一半，也不用做了。"

　　我说："老师有老师的想法，小组演讲不能按时举行，你就当作思维的锻炼吧。论文还是要交的，对吧？"轩轩说："嗯，论文就没那么急。"我说："时间长，论文要写得好一点，可以早点构思。"

轩轩又发了一个得意的表情说："我昨天午睡，睡了六个小时，现在贼精神。"

我说："你要好好规划作息时间，不能蒙起头来猛睡。你可以利用现在的好精神，想想来个什么创意活动。文峰和淑芳说过，可以当网红。比如，宅居在公寓里，成为美食达人、健身达人、宅居创意达人之类的。"

轩轩说："不想，那就没自己的生活了，网络世界掌控不了，深渊啊。"轩轩又给我发来那个我已经见过很多次的表情：暗夜里，一个装满小星星的袋子，一个小仙女，正将那些闪着金光的星星，纷纷扬扬撒向人间。

我说："这样生活就会充实一点，也有事可干。"

轩轩却叹了一口气说："志不在此啊。"

也许吧，现在的年轻人，尤其是走出国门的年轻人，他们的思想、眼界和生活理念，距离我们这些中老年人，是越来越远了。

我给轩轩发了一个在群里看到的谢菲街头的视频，这是一位留学生在去超市购物的路上拍摄的，地点是谢菲的闹市区。天很蓝，云很白，房屋都是砖红色。一个学生孤独地站在广场中间，镜头绕场一圈，四周寂寥，空无一人。只有这个学生自己的影子，陪伴着他。

轩轩惊叹地说："哇，人真少啊！"

我说："这个4月需要什么物资，可以在蔡会长那里买。但是，要提前下单。上次可能下单晚了，人家来不及安排，才漏掉了。你现在没事，可以提前下单。我已经把蔡会长超市里的购物小程序和配货单发给了你。"

轩轩发来了一本微信版的个人图书《皇帝更替》，说："我正在看书。我点开来看了一下，这是一本快餐式的小书。作者将中国的皇家故事浓缩在了一段文字里，有一个完整的故事情节。写的是中国古代的皇帝如何掌握国家全部大权，决定着国家的命运。其中不乏一些英才明主，在一定的历史时期内，为社会进步发展与人民生活安定做了一些好事。没事的时候读读，还是可以了解历代君王鲜为人知的故事的。"

我说："这个挺好的。现在太晚了，去图书馆不现实，可以宅在公寓里，通过手机增加阅读量，了解更多的知识。"

但是轩轩过着黑白颠倒的生活，让我增添了另一份担心。我把群里的一位妈妈发出来的她女儿的作息时间表转给了轩轩。这是一张相当有规律的作息时间表。

轩轩看了却说："我就喜欢白天睡觉，晚上写论文，贼精神，效率超高。"

难不成轩轩只是适应中国的作息时间，对于英国与中国的七八个小时的时差还没有倒过来？

有关药那些事

今天给轩轩发了第十三个红包，上面写着："守一份宁静，保一份平安。"

一大早，在我们家的小群里，轩轩发来一张图片：一杯奶，一根香蕉，一片夹肉蔬菜面包，还有三个卤鸡蛋。轩轩说："吃完早餐，卤个鸡蛋，开始做作业。感觉这个卤水蛮好，可以一直利用。"

弟弟说："可以一直用，百年老汤。"

下午，轩轩又晒了个西红柿炒蛋，外加米饭汤汁。

弟媳说："妞很独立，会照顾好自己，比你妈坚强。你妈，你大可放心，别把自己的心累到了。"

弟弟弟媳说的没错，自从轩轩去英国留学之后，我就没睡过囫囵觉。不是没有时间睡觉，而是心里放不下，总是担心，睡不着啊。

我再三叮嘱轩轩："没事就不要出门，购物在蔡会长那里网购。"每次配送物资的前一天，蔡会长都会在留学生家长群里发视频。他开着车，行驶在蓝天白云下，正在采办物品回东方超市的路上。蔡会长说，他采办了鱼、肉、水果、蔬菜和一些生活物资。他还说，他的司机跟着他跑了一个多月了，很辛苦，请假回家了。现在是他一个人在外面跑采办、送货这些事。有点担心，这么强的工作量，他一个人能完成得了吗？

群里的妈妈们每天谈论的话题，都是围绕孩子的安全和健康。目前，寄送的物资要么停滞原地不动，要么就是没有了下文，这让家长们很是忧心。

妈妈们急得没办法，在群里拉进了一位在英国的华人中医师。这位马医生祖籍是中国山东，父亲、母亲都是中医，他接受了父母的意愿，考进了山东中医药大学，后来又留学英国，现在是英国的一位华人中医，住在纽卡。这位马医生一进留学生家长群，就给一位身体有些状况的孩子做了远程诊疗。一天后，这个孩子情况向好。治好了孩子的毛病，马中医深得群里的家长们的信任。家长们向马中医询问，当前从国内寄送物品路途遥远，怎样才能解决孩子们目前急需的生活药品问题。

在群里，马医生用语音回答了家长们的提问，听声音马医生是一位五十岁左右的男子。针对孩子们不能完全适应英国气候的状况，他给家长们开了一个处方——预防和治疗感冒的中药处方。

马医生说，这个方子根据英国的气候，加进了一些去湿气的中药成分，有益气、化湿、清热解毒的作用。可以用于鼻、咽喉、气管、胃肠等的炎症造成的身体疲劳、精神不振、微微恶寒发热、鼻塞流涕、头痛头重、咽喉痒、咽喉痛、消化不良、恶心、呕吐、腹胀腹痛腹泻、肌肉酸痛等症状。这些药品都是颗粒状。一瓶的重量是一百克，一次五克，一天两次，开水冲开溶化，温服。喝完中药以后，最好再喝一些热的生姜水、大米粥以促进药效。

马医生又说，孩子们来到英国求学，饮食一定要清淡，不能吃得太油腻了。要知道生活就是养生，养生的前提是保持胃肠道功能的正常。人吃得多了，自然会出现胃肠不适。疾病最喜欢的就是侵犯人体的薄弱部位。

马医生还发了一个英国伦敦唐人街的视频。红砖的楼房沉静在阴霾的天空下，楼宇之间挂着一排排中国的红灯笼。街道上人很少，超市都开着。

中午 12 点 52 分，江西电视台教育频道赣教云直播我校校园朗诵诗歌《守望麦田 春暖花开》。3 月初，还在海南宅居的我接到了学校万毛华校长的电话。万毛华校长说江西电视台教育频道正在向江西教育界征集校园朗诵诗歌，截止日期为 3 月 10 日。万校长让我赶紧创作一首诗歌，让老师们朗诵出来。内容结合我校在教书育人的路上所做的努力，展现我校师生在校园里的风采。仅用了三天时间，我就完成了诗歌创作。短短一周，学校师生合力，共同完成了朗诵、编排和制作。今天得以一见，感觉还是挺上档次的。

晚间，又看到了两则消息：一则是留学生家长群里有一个医药厂商在推销药品，说是可以帮助大家寄往英国，但需要提供留学生的个人信息。群里有人说，现在骗子很多，要小心提防，不要泄露孩子的个人信息。我也很小心，但因为需要，还是按要求填写了。谁知道，第二天清晨，眼睛一睁开，看见这个群里发了通知：

因为一些特殊原因，所有订单都已取消。已经付过款的，将把药品直接寄给他们在国内的地址。

这又引起了许多人不同的声音。有表示感谢的，有表示家里有很多药，要求退钱的。我虽然在这个群里购买了 ABC 三种爱心药包，但还没有付钱，自然也就没有发表意见。已经不止一次了，买了东西从国内发往英国，总是因故不能成行。不知道这到底是真的不能发往英国呢，还是另一种销售药品的方法，又或许是因为别的缘故，都不得而知。

一位在谢菲求学的留学生收到了妈妈寄来的健康包，外包装是用人民日报包裹的。打开来，里面有一盒板蓝根，一包医用药棉，还有一张纸，纸上面写了一句唐诗："细理游子绪，菰米似故乡。"字不是打印上去的，而是用毛笔写的，墨汁都透过了报纸。

真的很感动。

生病了怎么办

今天给轩轩发了第十四个红包，上面写着："白天向光夜晚眠。"

也许是昨日给轩轩发了几张谢菲尔德大学研究生群里妈妈们发的孩子们的美食照片刺激了她，早晨眼皮一睁开，就看见轩轩于夜间发在我们家群里的美食：火锅。留学生活居然还能整出火锅？仔细看，配料还挺齐全。两个盘子，小盘放着腐竹和黄芽白，大盘放着羊肉卷、土豆片、火腿肠、肉、香菇和肺叶。轩轩还在图片旁配上文字，美其名曰"江西代表团美食"。随后，轩轩又发来一条信息："老妈，我给你长脸了。"

嘿嘿，确实长脸。晚上又可以和留学生群里的妈妈们唠上好久，寻得我们的开心。

轩轩说："因为出门少，蔬菜和水果吃得也少，嘴巴有点脱皮，可以买一点维生素来补充。"于是，我分别在伦敦中药群、江苏中药群和配送物资群等几个群里问询，结果都说没有着落。我想到了伯明翰的蔡会长，就向他问询。下午3点多，蔡会长回了信，有的。真是众里寻他千百度，蓦然回首，那人却在灯火阑珊处。蔡会长原本就是往谢菲这边送货的老朋友，找到他，既可以购买生活物资，还可以购买轩轩需要的维生素，而且是送货上门，这不是两全其美的事吗？

看到轩轩的生活只剩下读书、写论文和做饭，而缺乏了些运动，我有些担心，想给轩轩多准备一些生活医用物品。国内太远，寄送很不方便，只能找在英的华人医生。轩轩说："不需要了，是药三分毒。上次买的感冒药还有好多，想起来就吃半包。"但是我还是不放心，正好留学群里的妈妈们成立了一个买药群，在伦敦的马医生给我们提供了四种中药处方。第一种是感冒用药，第二种是调理身体、提升免疫力的。我思前想后，还是给轩轩下了第二种药方的单子。就算是备在那儿，买个心安。轩轩独自一人在外，有个头疼脑热的我们也不放心。花上几百上千元，都不是问题，平平安安就好。

晚上，在留学生家长群里，看见有个家长说她孩子发冷咳嗽，而且还发烧了。远在万里之外，这位妈妈急得不行。一家有难大家帮，就像是自家的孩子。群里的妈妈们你一言我一语：有的说，赶紧吃阿莫西林；有的说用生姜红糖煮水喝；有的说喝点淡盐水；有的说喝点蜂蜜绿茶也是好办法；有的说让孩子用热水泡脚然后立刻睡觉；有家长说，马医生在群里，让马医生送点小柴胡颗粒；还有家长说，可以用物理疗法用电吹风热风吹后脑勺，再多喝温开水，洗个热水澡，睡一觉发点汗，明早就没事了……正好群里有个凉山县的妈妈是医生，她说孩子现在都在忙于写论文，课业紧张，感冒了，抗生素不能乱吃，不要用布洛芬，只要吃点复方氨酚烷胺胶囊，先退烧，发发汗，再观察观察。这位妈妈医生还说，家长首先不要慌，现在大家都在说方法，如果一个病人十个医生，可能会越来越乱。所以，当妈妈的，首先要稳住心态，不能慌。

出现这样的事情，真的是让妈妈们焦心啊。国内和英国时差七八个小时，孩子们的生活可能还没有完全调理过来，现在又忙于写论文，缺少运动，饮食又不合理，火气也大，就容易出状况。生病了，一个人宅居，想喝杯热水都没有人帮忙，又没有对症的药。这怎么能不让身在国内的父母担心呢？真是，恨不得立刻飞到孩子的身边去。

我立刻给轩轩发了一条信息，告诉了轩轩这件事，并叮嘱轩轩："英国现在处于换季时节，天气时冷时热，冷热交替，最容易感冒。感冒了，谁也帮不了你。你看你每天爬起来就是短袖，这样不行，穿上外套，暖一点。自己要保护好自己，一定要听话啊。"

夜半，看见蔡会长在配送群里忙乎着，我又给轩轩发了一条短信："蔡会长明天或者后天就要给谢菲送货。你有需要，可以到群里填单。生活物资和水果蔬菜，外加维C、维E什么的，赶紧的。"

轩轩立刻回了我："这一周不需要，下周订。"现在虽然是英国的夏令时，但英伦半岛的温度还是很低，还处于寒冷的时节。也许是气候的原因，轩轩睡觉有点晨昏颠倒。这可能也是现如今留守在英国的学生们一个共同的生活难题。

轩轩住在公寓里，每天都要去学校上课。也许是独自一人在外，生活学习双重的压力，她发来信息说："有点不舒服，鼻子堵得厉害，想吃点中药。"我很担心，得想办法让她做好保护，提高免疫力。

我在留学生家长群里问了群友，有不少家长说从国内寄送药品，我觉得太远，还是要讲求速度。一会儿时间，就有好几位群友给我提供了伦敦的华人医生信息，还有人直接发出了一个由英国伦敦华人建立的中药群——"英国中英健康咨询"，成员都是在英国伦敦工作的华人医生。有医学博士，也有医学硕士，而且是清一色的留英华人。

我联系了其中的一位姓王的女医生，这是一位在英国留学的医学硕士，毕业后留在英国工作的华人，我与她进行了简短的交流。她说："轩轩到英国时间不长，身体出现不适是正常的，就目前来说应该没有什么大碍，只需调理即可。"物品买好后，当天就可以寄出，两天就可以送到轩轩住的公寓。按照她的建议，我给轩轩购买了一些调理的中药冲剂以及出门必备的防护药品。

购买的物品如下：感冒冲剂，7盒共28包；调理中药1包；一次性手套，100 个；消毒棉片，共 2 包；安神喷剂 1 支。共计 1800 元人民币。不知道平日里，这些物品价格是多少。轩轩说，这些东西有点贵。而我没想那么多，只是希望轩轩早日康复。

我叮嘱轩轩："王医生说，要根据自身情况调整，感冒冲剂可以一天一包，早晚饭后各半包，也可一天两包。冲水喝，起预防作用。"轩轩说："是药三分毒，我好好的，吃那么多药干什么。"我说："如果感觉尚好，你就一天一包吧。"轩轩说："一天一包都多了。"我说："那总得要康复啊。"轩轩说："那好吧，一天半包。"

两天后，王医生给我发来一条信息，问我物品到了没有，要我叮嘱轩轩清点，怕下面的工作人员发错了或少了。下午，从伦敦寄来的这些物品到了轩轩的手上。一清点，果然少了一支安神喷剂。我当即和王医生取得联系，她说马上补发。很快，王医生发了一个补发订单给我看。轩轩住的是学生公寓，平日里，门口有值守的人。他们工作的时间是从上午 9 点到下午 5 点。轩轩说："现在是周末，英国人的周末是不上班的。"看来，这个安神喷剂得要下周一才能收到。

这个中医群，基本上就是一个销售中药的群。当然，有时候也会介绍一点有关医疗健康的简单知识。比如，平日里，可以买些红糖、生姜、大葱白、大蒜之类的，熬水喝，每天喝，生病的概率就很低。

也许是价格问题，有一个群友在中药群里对销售中药的人发出了质问。她说，这个群里的人基本上都是她拉进来的，要良心卖药，不要赚暴利。

销售中药的人感觉挺委屈，在群里回复说，价格并不高。现在进药的途径没有原来那么通畅，而且，药价也涨了不少。

我们在国内，孩子在国外，价格高一点，是可以理解的。从国内寄送的物品，不也是关山重重，花费时间和精力吗？所以，无论哪种方式，我以为，只要以最快的速度，给孩子送去一份健康，送去一份平安，我们这些远在国内的爸爸妈妈就安心了许多。

梨花风起正清明

今天给轩轩发了第十六个红包，上面写着："生活学习多细心。"

也许是好久没有吃肉了，轩轩在谢菲当地的一位中国东北女人那里订购了两盒肉食品。北京时间晚上 7 点多，轩轩给我们发来了图片：一盒锅包肉，一盒猪肉炖粉条。

我说："这么多肉，哪里吃得完？"轩轩有点得意地说："吃两餐，或者三餐。东北人吃饭虽不精致，但是实诚。菜色一般，味道还不错哦。"

我说："这个东北人在外面又是进货，又是送货。买来的食品最好自己加热，高温消毒，吃得放心。"轩轩说："这个女老板，开车就像飙车，一看就不是个善茬儿。"我说："东北人就是这种性子，泼辣，能干，不拘小节。"

轩轩又说："现在吃饱了，好爽，想睡了。"我说："要运动一下。"轩轩说："吃饱了咋动，睡一下起来活动，晚上少吃点。"

过了一会儿，见轩轩还没睡。我说："现在是北京时间上午 9 点 30 分，伦敦时间夜里 2 点半，你怎么还不睡？"轩轩说："在看中央电视台直播，马上要默哀了。"轩轩用手机截了个屏给我看，画面中，是宽阔的长江，静默在江水中的是黄鹤楼和武汉长江大桥。

我打开电视，央视正在直播以"深切悼念革命烈士"为主题的新闻报道。我对轩轩说："那好，你看完就睡。要保证有充足的睡眠，身体健健康康才好。"

10点整，屏幕上出现了北京天安门广场下半旗的画面。短短的三分钟，从怀仁堂到全国各地，举国哀悼，汽笛长鸣，山河悲鸣。全国人民都在默哀，为生者祈愿，为祖国祈福。米兰·昆德拉曾说："对不朽来说，有小的不朽和大的不朽。小的不朽是指一个人在认识他的人的心中留下回忆。大的不朽是指一个人在不认识的人的心中留下回忆。"在今天这个日子里，我们举国同心，举国同敬。致敬英雄，感恩奉献，铭记不朽。

留学生家长群里，家长们也纷纷送出了自己的祈愿。这个清明节，是个不平常的日子。我们的孩子，因为要完成学业，一个人面对一个陌生的世界。而我们，这些留学孩子的家人，也只能在万里之外，看着孩子们在学校里独立学习；在自己狭小的公寓里，变着法子，摆弄着自己的一日三餐。青春在生存的法则下一路跋涉，这不由得让身为家长的我们增添了些许骄傲，也增添了些许担忧。

梨花风起正清明，居家追思显孝行。今天是清明，身边的很多人在以自己的方式追思逝去的亲人。哲学家说，死亡给了我们生活的意义。诗人说，我们身体的一部分，是与那些逝去的人连在一起的。

此刻，面对这个特殊的日子，我们该怎样给孩子们解释梨花与清明的关系？我们又该如何让孩子们理解生命和死亡？

一觉醒来，看见轩轩发来的照片。两大箱生活用品和食物，还附有一张购物单，大抵是大米、蔬菜、水果、羊排、大虾、洗涤用品之类的，这些都是蔡会长从伯明翰远道送来的。对于酒精、手套之类的，我认为宅居在公寓里，用途不大。轩轩却说，自己去超市购物或者做什么别的，可能用得上。好吧，一个人的生活，是要多做考虑，多做安排，好好照顾自己，不生病。

轩轩给我发来了一张早餐照：一个蓝色的盘子，里面放着两片面包、一个生煎鸡蛋、一根火腿肠和一小堆黄豆。轩轩说："这是英式早餐。"我说："挺好，这也是入乡随俗了。"

轩轩又发来了几张照片，看起来像公园。一碧如洗的蓝天下，有绿草，有湖泊，有长椅，还有几只悠闲散步的信鸽。一棵开满花的树立在湖畔，蓝天明亮，粉色灿烂，绿色宁静。轩轩说："昨天和小张一起出去走了走。谢菲的花儿开了，英国的天气开始暖和了。"

时间在走，季节也在变化。群里的妈妈们相继晒出了谢菲大街小巷的画面，四季皆宜。那是她们的孩子们行走在谢菲留下来的美好，分享给了我们。我很享受地一张张点开细看，即便没有亲临，依旧有一种亲切的感觉，那是轩轩生活学习的地方。谢菲坐落在几个山头上，在这里，几乎看不到高楼大厦，也看不到车马人喧。房屋和建筑似乎还停留在中世纪城堡的童话故事里。蜿蜒的道路两旁，绿草青青。明净的蓝天下，牛羊散落在绿色的大草甸上，悠然惬意，享受着自然的馈赠，颐养生命的天年。如此安静的小城，不知不觉就能放慢你的脚步。原来，人与动物、与自然可以是如此和谐。

原本也是想着等轩轩毕业的时候，去谢菲参加轩轩的毕业典礼。然后，去伦敦看看。如果时间允许，还可以去看看欧洲的风景。但今年的我带毕业班，教学任务繁忙，不知道最终能否成行。

加入的群多，信息也就多了，只能找最关心的群来浏览信息。购物群里，昨夜的消息很多。翻阅信息好久，看见蔡会长发来的视频：北京时间上午8点多，即伦敦时间夜里1点多，夜色深沉，路灯昏暗。蔡会长独自一人开着车，在回伯明翰的路上。他边开车，边说着话，讲述着在采办货物以及给谢菲的孩子们运送货物当中遇到的不顺意的事情，好像是在和群里的我们聊天儿。我们也随着他的镜头，看夜色下沿途的英国小镇，静谧，安详。之后，又看到了他的另一个视频：天色微明，一夜未眠的蔡会长还在路上，前往一个物流中心，给自己的超市补货。随着蔡会长的镜头，看见偌大的物流中心，水果摊位还算是比较满当，海鲜摊位还是那样稀少，只有一家开了门，品种少而且多是冰冻的。

看着这些躺在大冰柜里泛着白光的海产品，我忽然有些担心起来，赶紧给轩轩发了一条信息："购买食材的时候，要看日期，尤其是冰冻食品，时间不能长了。"

祛风镇邪小香囊

今天给轩轩发了第十八个红包，上面写着："祛风镇邪小香囊。"

这个小香囊是马医生送的。今天咨询了马医生，他说："小香囊里面的成分包含冰片、高良姜、桂皮、川芎、白芷、苍术、丁香、艾叶、藿香和佩兰。"

轩轩说："这个小香囊有一股艾草味。"我说："这个好，睡觉可以放在枕头边。平时看书写作业，放在书桌旁，没事多闻闻。"

我很喜欢闻艾草香。年前，在一个朋友那里，因为常年购买她的艾草眼贴，她半价送了我一个艾草枕头，我就一直带在身边，去海南也带着。回到南昌，就放在了我的枕头旁。那股艾草香，让我很沉醉。

在留学生家长群里认识马医生也是偶然。那天晚上，群里的一位妈妈着急得不得了，她留学谢菲的女儿忽然肚子疼，怀疑是急性阑尾炎。打救护车联系不到，四处求助无果。身在国内的妈妈着急慌乱，只能隔空在群里求助大家。恰巧马医生也在群里。马医生通过问诊，排除了阑尾炎，初步确诊是急性肠胃炎，他迅速指导孩子正确用药。但是孩子独自一人宅居在谢菲的公寓里，没有药，怎么办？此时已是英国的深夜时间，群里的佳欣妈妈，陪读暂住在谢菲尔德，她赶紧披衣下楼，打车去孩子的公寓，送去了急用的药品，这让孤立无援的孩子缓解了病情，感受到了家人的温暖。马医生的医术，佳欣妈妈的善念，在我们留学群里赢得了大家的赞许，点赞的大拇指看也看不完，成了当晚群里最大的亮点。

我们这个留学生家长群里的爸爸妈妈们，把每一个孩子都当成了自己的孩子。一个孩子出现了状况，几十个声音在群里出谋划策，直至解决问题。这件事，感动了我们所有人。自此事之后，群里就有了一个声音，请马医生为我们的孩子备一些常用中药，以备不时之需。

历时数日，留学生家长群里的妈妈们终于沟通完了中药配送名单。昨天，住在纽卡的马医生开了几个小时的车，来到谢菲，走街串巷，沿途叩问，为留学的三十多个孩子送来他配置的中药。送药的过程中，马医生不时发出语音，告诉我们下一个他要去的地方，提前告诉孩子，准备下楼接。听声音，感觉马医生不是个很年轻的人。在一个送药点，一个女孩替马医生弄好了位置共享，同时女孩也发来了一张她和马医生的合影照。果然，是一位年逾五十的老医生。为此，群里的妈妈们很感动，连声感谢。

马医生不仅为我们的孩子送来了中药，并且，还送来他的一份礼品——小香囊。

我让轩轩拍了一张图片给我看，是一个白色的小袋子，长方形，里面装有中药，显得稍鼓。我想起了《红楼梦》里的贾宝玉和林黛玉。林黛玉怀疑贾宝玉将自己送给他的香囊送给了别人，生气地把手中正在做的香囊给铰了。正所谓香中有情，囊中有意，些许的芳香传递了人的许多情感。自古以来，香囊不仅起到了固体香水的作用，在香囊中放入药材随身佩戴，还可起到预防疾病的效用。俗话说，戴个香草袋，不怕五虫害。

我一直以为中药的一个最大的特点，在于它平和的药性。这些生长在田间地头、山间林中的花花草草，得益于大地的滋养，又得益于天地的灵性。在四季生发的过程中，其本身就是一种生命的表现。以自己天然的药物灵性，去解救众生的苦难，实在是一种恩德。

今天是初三学生返校的日子。给学生上课，准备材料，忙了一上午才有时间看手机。发现留学生家长群里自上而下一片"yes"。翻阅信息，原来是一位妈妈发了一条信息，点开来，是针对给马医生和蔡会长写感谢信征求大家的意见。赞同的选"yes"，反对的选"no"，难怪乎群里都是"yes"。翻阅信息细看，看见了一个"no"，理由是价格高了。

我有些想不明白，我们的孩子远在英国读书，在这里，有着数位与我们同样肤色、同样口音的人，他们不分昼夜一路呵护，为我们的孩子送去生活物品，为我们的孩子送医送药，替我们分忧解难，解除我们的担忧，只是多了几个小钱，这又有何不可呢？

轩轩的两个兴趣

今天给轩轩发了第二十个红包，上面写着："聊天娱乐亦充实。"

英国进入夏令时之后，白昼渐渐长了。看见留学生家长群里住在英国的朋友晒出了不少花，色彩明艳，心想，英国的夏天应该更漂亮了吧。

英国的天空亮了没多久，进入夜生活的我就开始惦记着轩轩了。

给轩轩发了条短信，问："在做什么？"轩轩说："在改论文。"我说："字数多吧？"轩轩说："还行，不想写了。"我说："累了就休息一下，注意劳逸结合。今天吃了啥？"轩轩说："早晨吃的面，等下弄些寿司。"我说："可以加点水果，再弄点蔬菜。"

一会儿，轩轩发来一段视频，屋里正响着动感的音乐。轩轩说："在看跳舞。"我说："你好久没跳舞了。"轩轩说："是的哦，一把老骨头了。"

我说："说啥呢，不就是在屋子里待了几天写论文嘛。你喜欢跳舞，没事跳跳不就有了精气神？"

轩轩是热爱生活的，喜欢跳舞，是其中表现之一。早在国内大学读书的时候，轩轩就参加了几个舞蹈社团。每逢学校要举行活动，这些社团就会走上舞台，为同学们带来青春的动感之美。

也许是学校的舞蹈社团还不能满足轩轩对舞蹈的热爱，她在我们家附近一个叫作"梦时代"的地方，又参加了一个动感舞蹈团体。在这个舞蹈团队里，轩轩结识了更多热爱舞蹈的朋友。他们一起排练，一起舞蹈，一起走上街头。

记得有一次，他们与相关部门约好了参与志愿演出，傍晚，遇上下雨。轩轩和她的舞蹈团队，还是走上了舞台。大街上，人来人往的行人，停下了脚步，驻足在雨中，为他们鼓掌。一朵朵伞花，聚集在舞台前面，成了那个夜晚霓虹闪烁的梦时代广场最美的景色。

一个小男孩从雨中走上了舞台。他微笑着，看着这些大哥哥大姐姐。恰巧，这一幕被路人拍了下来。小男孩的微笑，以及雨夜中给人们带来快乐的轩轩和那些舞蹈志愿者的合影，是那夜最温暖的画面。

去年初秋，轩轩不远万里求学谢菲。才一个月，轩轩就告诉我，谢菲这里有很多社团。她说，她选择了舞蹈社团。这是轩轩的最爱，我自然是不会反对的。在之后的日子里，轩轩频频发来剧照或演出照，有时候还有视频。那是一群差不多年龄的男孩女孩。他们有着不同肤色，不同的毛发。张张剧照，都是清澈的眼眸，洒脱的舞势，飘逸的服饰，优雅的姿态，都是靓丽韶华，青春逼人。轩轩在这里，找到了属于她的快乐。

3月初，轩轩还发来了一个社团的演出视频。点开来，看见了轩轩和她的队友们的演出。动感、激越、热情、青春，画面感极强。但不久，轩轩和她的舞蹈团队，就偃旗息鼓了。现在时隔一个月，听到轩轩说，在看跳舞，这是多么让人高兴的事情。看了，就会想到跳。这样，宅居的生活，就会因为有了律动，而有了更多的活力。

一早，看见我们家的群里，轩轩发来的她制作的寿司。一个白色的餐盘里，放着一根寿司条和一碗蛋黄色的奶油调料。寿司已被切成了七段，黑色的海苔为表皮，一圈圈，包裹了米饭、火腿肠、肉末和蛋制品。轩轩巧妙地将它们摆了盘，看起来清新、简单，令人垂涎，那口感一定不错。

喜欢制作寿司，这是轩轩的第二个兴趣。从小学到中学，轩轩一直都喜欢吃海苔。每次去超市，我都会去海苔专柜走走，买几袋海苔。轩轩除了直接食用海苔之外，还会用海苔来制作寿司。那时候，只要家里的饭菜做好了，轩轩就会从袋子里抽出几条海苔，撕开外面的薄包装，展开海苔条，在上面均匀地叠好选用的菜蔬和米饭。小心地卷起海苔，有序地放在盘子里。之后，像欣赏自己的劳动果实一样，嘴角泛出得意的笑容。

即便是上了大学，轩轩偶尔也会重复一下自己少年的功课。自得其乐的时候，还不忘让我们大家都尝尝她的手艺。自然，能得到我们的赞赏。去了英国以后，就没有见过轩轩做寿司了。

今日能一见轩轩的绝活，自然是开心的。我立刻回了一句："做得不错，像买的一样，品相精良，看起来很养眼，味道一定美极了。"

轩轩爱跳舞，爱寿司，这是轩轩生活中的乐子。世人也多各有所爱，且乐在其中。宋代的苏东坡一生流浪，却也一生嗜茶。他认为好茶是帮助自己排解烦恼的心爱之物。他曾以茶喻人，写有"从来佳茗似佳人"的佳句，并且，成了比喻好茶的千年经典之语。

即便世人多如东坡先生，视茶为"佳人"，我却不以为然。

每天，我们留学英国的孩子们身在狭小的空间里，变着法子，钻研论文，完善生活，让爸爸妈妈开心。凡为父母者，没有不感到欣慰的。但欣慰之余，藏了些许伤感和心酸。尚在象牙塔里的孩子们，还未经历世事，就已经识大体、明大局，学会面对，学会独立。我以为，我们每一个留学英伦的孩子，是比之茶而更加有为的"佳人"。

且将斗室为春色

今天给轩轩发了第二十三个红包，上面写着："听听音乐心情好。"

在一间屋子里待久了，吃的食物有点单一，轩轩觉得口味不是很好。正好上周在蔡会长那里买了羊肉，轩轩说她想做一顿红烧羊肉。

于是，轩轩在线咨询老爸，怎样烧羊肉。父女俩对着视频，一个指点，一个操作。把羊肉切成块，将红萝卜切成小块，配上手边上仅有的八角、姜块等作料，焖锅，炖上一个小时。之后出锅，在上面撒上几段香菜。这样，一盘红烧羊肉就做好了。

轩轩还为自己的这一餐准备了辅助性的菜，清炒西蓝花和炒鸡蛋，外加一小碗米饭。看上去，红绿相间，肥瘦均匀，挺养眼的。

我说："不错，下次回家做一盘红烧羊肉给我们尝尝。"轩轩说："回家就不一定有这个兴趣了。"说的也是，孩子一个人在国外，每天都在学习，空闲时间还得忙自己的生活，购买物资，计算日常开支，忙忙碌碌打发光阴。除了心理必须具备超强的抗压能力外，还得讨好自己的味蕾。等到那一天，孩子学有所成、历尽辛苦回来了，作为父母的还不得弄些好吃的给孩子，让孩子好好休息一下？再退一步，就算是孩子自己愿意展露自己的厨艺，当爸爸妈妈吃在嘴里的时候，必定也是眼里噙着泪花，对孩子竖起大拇指说："不错，长技艺了。""嗯，好吃，真好吃，宝贝辛苦！"

一般来说，写论文时间久了，运动量不足，精神上会有些松散，行为上也会生出一些惰意。还好，和轩轩聊天儿，看轩轩视频，知道轩轩也常在室内锻炼，这让我感到有些欣慰。

想到这里，我又给轩轩发了第二十四个红包，上面写着："每日健身身体好。"

近来，英国天气渐暖，花草芳香四溢。轩轩说："天气热起来了，晚上睡觉有点热，睡得没有以前香。"似乎，阳光灿烂，春暖花开，是一种诱惑，它让英伦半岛的心变得躁动，让半岛的夏天不期而至。

早晨，在留学群里看见了一个家长发出来的一张来自英国伦敦的街头照片。伦敦的街头，行人衣着渐单，有的已是短衣短裤。他们行走在街面上，轻松自然。海德公园里，树生绿枝，花香四溢，芳草连天。温暖的天气，一色的长空，以及来自大西洋的海风，似乎在告诉人们：世间安好，人生宁静。画面中，来此健身的伦敦市民已然扎成了堆。跑步赏花，聊天儿闲坐，各显惬意，大有一种"景在眼中美，情从心底痴"的释怀。

英国民众素爱自由，素爱大自然，又怎肯辜负这满园的春色。他们扶老携幼，走出家门，享受春光。在海德公园的林间、草地上、花丛旁，驻足流连，看山川风物，赏花红柳绿，好一幅惬意的春景图。

轩轩关注的是学业，我最关心的是轩轩的生活。每天，都要看看轩轩吃了什么，营养是否到位，有没有缺少什么物资……只要看到轩轩说吃了，并且看到轩轩拍来的图片，内心才稍稍得以宽慰。但随即，又会为轩轩的下一顿担心，乃至于明天，甚至于明天的明天。

北京时间下午5点多，我跟轩轩说："又快到周末了，蔡会长要来给谢菲的留学生们送生活物资，你需要购买些什么吗？"

轩轩说："要的，之前在谢菲的中超有预订，这周会送来。"我有点担心，记得之前，轩轩在谢菲本地的中超订过生活所需的物资，但是很长一段时间都没有送来。轩轩说："可能是因为订的人多，排队排得太长了。"谢菲留学的中国学生近六千人，需要的生活物资大多都是选择中超外送。可能是订货的人多，中超确实忙不过来。恰巧此时，远在伯明翰的蔡会长出现了，每周一次的送货，为我们解了燃眉之急。

　　如今轩轩说谢菲本地的中超会送，我将信将疑，但还是说："那你要落实一下，别耽误了，不要吃了上顿没下顿。"轩轩说："人家也是排单，也是固定时间送货的。"我说："好吧，你自己注意一点，如果到了周五下午还没送，你就在蔡会长这边下单，还来得及。你现在就可以先填好蔡会长东方超市的购物单，也可以作为自己下次购物的单据。"

　　北京时间 9 点 30 分左右，轩轩发来了一张照片，得意地问我："怎么样？"照片中是一个有着翠色边缘的陶瓷盘子，里面盛放着饭食。有占了盘子近三分之一的西红柿炒蛋，一小叠青菜。盘子的中间是一小堆红豆米饭。最亮眼的是一只同样霸占了盘子三分之一位置的鸡腿。这只鸡腿饱满结实，外皮红润亮泽，一副肉汁鲜嫩、酱香四溢的样子。

　　我说："鸡腿、青菜、西红柿炒蛋、红豆米饭，看起来营养不错啊。"轩轩发来一个十分得意的表情说："鸡腿是超市送的，有外包装袋。"我松了一口气说："之前就送来了，这一周应该可以吃个饱。"轩轩又拍来一张物资储满冰箱的照片说："很好，一冰箱满了，没问题。"

　　虽然错过了谢菲的春花，可是群里的妈妈们却以自己独特的方式，晒出了自己和家人曾经行走世界的影像。翻阅一张张照片，就像翻阅一首首唐诗，我们一起走进了春天的田野。苏东坡的《行香子·过七里濑》最后一句"远山长，云山乱，晓山青"，也就在眼前了。

留学生生病牵动众人的心

今天给轩轩发了第二十六个红包，上面写着："让春阳洒满心房。"

北京时间夜晚 11 点左右，即伦敦时间下午 3 点左右，轩轩发来了一张照片，是她租住的公寓。不大的房间，却很奢侈地拥有一整面墙的窗玻璃。透过明镜一样的玻璃，看见室外是一圈儿砖红色的建筑。它们首尾相连，拐角分明，构建了一个四方形的内院。内院的中间，是一块草坪。此时，正是谢菲的春盛时节，这一方草色，显得格外嫩绿，很是养眼。

一大片春阳穿过玻璃，恰巧洒落在床上。阳光缤纷，似乎听到了无数颗金色的粒子，在被褥间跳着、喊着、嬉笑着，将被褥鼓弄得蓬松而柔软。每一寸布面上，都拥有了温暖的味道。

轩轩发来一个愉快的表情，说："现在每天下午都能晒到太阳。没想到，这座被建筑物包围起来的居室还能晒到太阳，太爽了。"我说："真是幸福的模样，你的春天到了啊。"

轩轩返回英国求学的时候，正是英国的冬天，英伦半岛冰雪遍地。这一晃，就是一个月。现在，窗外的白雪早已消融，到处都是春归草茂，天高云淡。就这点阳光，让轩轩兴奋了，视频里，看见轩轩在室内欢舞了好一会儿。

下午，轩轩给我发来信息说："有个同学忽然感觉身体不适，他的爸爸妈妈要他回国治疗。原本悠长到不知道如何打发的时间，猝然变得短暂。刚刚采购来的物资，学校要上的课，与房东签署的租房合同等等，都不得不选择最简单的形式，快速终结。"轩轩接着说："我不想那么匆忙，还是老老实实地待在这里，做完我自己想要做的事。"

这个消息很快在谢菲留学生家长群里传开了。晚上，我点开谢菲留学生家长群，看见了满屏的评语，众说纷纭，看得眼花缭乱。就算家长们想尽所有，用各种快乐来取代对孩子的担忧，但是，孩子的生活和安全还是压在家长们心头一块沉甸甸的巨石。时至今日，回国依然是群里很热门的话题。其实，家长们最为担心的不是要不要回国这个问题，家长们普遍认为，送孩子们出国求学，目的就是为了读书。如果孩子在英国不幸患病，能够得到及时救治，并且对生命不构成威胁，那么，还没有完成学业的孩子们为什么要历时十几二十个小时，千里万里地回来呢？但是，毕竟是异国他乡，每一天都有许多不确定的因素。无论是常规病，还是突发的疾病，都是家长们担心的事情。

正当群里的家长们议论纷纷的时候，热心的马医师在留学群里发来一段文字：

> 我见过这个孩子，是一个非常懂事、非常独立、非常有进取心的孩子。如果孩子必须在英国做手术，有没有同学可以做志愿者，友情帮助照顾日常生活，包括购物、做饭等杂事？没有家长和朋友在身边帮助，一个人在这里读书，身体出了状况，很困难，需要大家互相帮助解决。现在还没有做最后的决定，如果手术真需要在英国做，那就需要几个同学来帮忙照顾一下。谢谢大家！

很快，群里的爸爸妈妈们就有了回声，听着温暖，看着感动。

（1）有孩子要做手术？同学一定要伸出援手。在外大家都不容易，要相互照应，有需要必须在群里说一声。

（2）最好能回国，一个人在国外做手术不放心。

（3）可以跟学校报备一下吧，学校那边可以帮忙安排回国。

（4）联系学校了吗？这时候可以联系。

（5）是什么手术，能否先用马医生中药调理，只要不再发展，等回来再手术。

（6）能回国做手术，从各方面都更好些。

（7）希望孩子早点回家。

（8）祝顺利，如愿！

孩子的妈妈也在群里发了声，声声句句，听出了母亲内心的焦灼与担忧，也听出了母亲的善良与仁厚：

感谢马医生和大家的关心。孩子暂时还未接到医院的手术时间通知，目前是做了两手准备。机票是买了的，看到时能不能顺利回国。如果身体状况不好，可能会考虑在英国做手术。手术后，若需要大家的帮助，我再及时联系大家。我们这个群就是个温馨的大家庭，大家心里都是满满的爱。再一次谢谢大家，谢谢大家！

读文至此，泪水盈满了我的眼眶。我们每一位留学英伦的孩子，都是爸爸妈妈的心肝宝贝，都是群里各位家长喜爱的邻家孩子，都是这些日子被我们挂在嘴边的希望。任何一个孩子身体出现状况陷于困境，都会让群里众多爸爸妈妈牵挂不已，却又因为鞭长莫及，而同生焦虑。

但是，就在刚才，我听到了一段音频，是每周从伯明翰为谢菲的孩子们送生活物资的蔡会长发来的。大意是，在伯明翰有一个留学的孩子生病了，蔡会长及时和学校取得了联系，并送去就医得到了救治。

见群里的家长们议论纷纷，蔡会长说：

> 大家的心情我非常理解。因为孩子的病情，所以增加了焦虑程度。请放心，如果孩子真的生病了，我们的学校和我们在英的华人是不会不管的。任何时候，我们都是不分白昼，来帮大家解决问题。前些日子，有一个这样的案例，我们没有一个不是加班加点，为了患病的孩子做各种努力，最终，我们收到了孩子家长发来的喜讯，报告孩子痊愈的消息。

春天是一个美丽的季节。我们的孩子，遇见了英伦半岛的春天，却因为疾病的困扰，只能远远地与春天打声招呼，遗憾地与这个春天比肩而望。李白在《忆襄阳旧游赠马少府巨》中有"归心结远梦，落日悬春愁"的佳句，阐述了自己归心急迫、远梦悠结的情怀，更因为落日时光，而引发了无边的春愁。但愿，在接下来的四月天里，我们的孩子们能够与春愁告别。

让快乐与春天同在，让健康与平安同在。

人间有味是清欢

今天给轩轩发了第二十七个红包，上面写着："活动身心解疲乏。"

北京时间下午 4 点多，轩轩发来了一句话："今天炖鸡汤。"

炖鸡汤可是大菜。一般在家里，要吃只鸡什么的，都要捣鼓好一阵子，炖鸡汤也是一样。首先要买，要洗，要准备各种作料。之后，以微火炖，按次序添作料，注意火候，至少要炖一个小时，实在是个麻烦活。

当然，鸡是超市送来的。但是，之后所有步骤，都得要轩轩亲力亲为。平日在家，轩轩是没有熬过鸡汤的。我心里多少还是有些敲着鼓，这可不是心灵鸡汤，是货真价实的鸡汤，担心轩轩弄不来。

我说："可以，营养要跟上。炖好了？"

轩轩说："刚处理完。"

想象着，轩轩正挽起袖子，在居住、饮食为一体的房间里，在那块白色的砧板上，操纵着那把小刀，摆弄着这只鸡。

过了两个小时，轩轩拍来了一个小视频。好像有一种仪式感，轩轩自己唱着小曲，手指点开小型电饭煲。随着电饭煲盖子缓缓打开，一圈儿热气从盖子的边缘蹿了出来。继而，是一大片热气弥漫了手机的镜头，甚至看不清电饭煲里的东西。但几秒钟后，电饭煲里的东西便一览无余了。

这是轩轩炖出来的鸡汤。一胆清水，上面浮着一只白色的肉鸡。肉鸡的四周，缠绕着一些黄、绿、红和褐色的作料。隔着屏幕，觉得汤汁白了点，似乎没有我们常说的老母鸡汤那般油黄，但这是轩轩独自一人，在缺少足够物资的条件下完成的。看着清淡的炖鸡汤，想着，或许是英伦半岛鸡的品种不同吧。不管怎样，我们给予轩轩相当的赞许。

轩轩很得意，又拍来了一张照片，并附言：鸡汤面。画面中，一只白色的瓷碗里盛有一汪清澈的汤汁。一团团纤细的面簇拥着一只肥硕的鸡腿和一只稍小点的鸡块。瓷碗的另一侧，几根青菜斜倚在碗的边缘，色泽青翠，让人格外有欲望。这两种食物各安一方，鸡腿显得霸气，而青菜却很安静。在它们中间，是牵牵连连的清面条，上面漂着一些翠色的葱花。

这张照片让我想起了苏轼《浣溪沙》中的一句词："人间有味是清欢。"似乎人间的贵气与清贫，被这一碗清汤面诠释得颇有些意味。

适逢周末，有时间和轩轩慢慢聊。今天我们聊的话题是如何整理内务。

也许是外界和内在多种因素的困扰，这些日子，看见轩轩租住的公寓不太整洁。不是床上被褥纷乱，就是衣物随意放置。再不，就是桌上散乱着电脑和书籍，地上堆放了生活物资。就连买来的食材，虽然有固定的地方，也还是有摆放不整齐的现象。

下午，轩轩跟我们通了视频。她把头发扎在了脑后，穿着一件白色的T恤衫，与平常我们所见的慵懒的模样大不一样，整个人显得青春精神。轩轩说："刚刚运动完毕。"我说："这就对了。你本来就喜欢跳舞，每天跳跳舞，既可以健身，又可以给自己添点精气神，一举两得，多好。下次健身，记得录个短视频让我们看看。"

轩轩得意地说："我每天都在健身跳舞，但要跟着手机听音乐、看视频，当然就不能给你们录视频了。你看我，现在不就很精神啊。"

这话我信，轩轩是爱运动的。如前日所见的一样，在轩轩的身后，一大片阳光正穿过那整面墙的玻璃，潇潇洒洒，落在那张睡床上。记得那天看完轩轩发来的照片，我就叮嘱她："趁着阳光正好，整理睡床，晒晒被褥，让阳光帮你杀杀菌、消消毒，也让被褥拥有阳光的味道。"现在看床和被褥，果真整齐多了。

相对于淫雨绵绵的天气，晴好的阳光，总是让人心生愉悦。大概轩轩被这片温暖的阳光诱惑了，心思也活络了起来。轩轩说："老妈，我来彻底打扫一下室内卫生。"于是，轩轩把手机架在靠近厨房的地方，让它的镜头摄进了三分之二的房间，整个生活区域尽在眼前。

英国位于欧洲大陆的西北面，本土位于大不列颠群岛，四周被北海、英吉利海峡、凯尔特海、爱尔兰海和大西洋包围，雨水较多，雨雾也多，湿气还是很大的。去年轩轩刚来谢菲的时候，住的是学校安排的学生公寓，与市区有一定的距离，而且还有坡度。每次去学校或是购买生活用品，都要乘坐红色的双层巴士。如果是走路，至少也要半个小时。跟着轩轩的镜头，行走在去往学校的路上，时常看见路旁草木湿漉，那个时期雨水绵延，湿度较大，生活上多少还是不太便利。

后来轩轩自己在网上找到了这家出租的公寓，在市区。不仅解决了生活和上学的便捷问题，更重要的是，这个公寓楼里的每一间公寓，都是一个独立的空间，生活配套设施齐全，面积也较原来的学生宿舍大了很多。独居一室，有一个可以让自己独立思考和跳舞的空间，是一个非常合时的选择。

视频里，轩轩将原本随意放置的衣物挂在了靠窗的一根晾衣竿上。轩轩说："还有些衣服都放在衣柜里了，这些是家居服，还有常用的。"轩轩边整理晾衣竿上的衣服边跟我聊天儿说："对面楼上有个同学说，总看见一个女孩，在这间屋子里做饭，没想到，是你啊。"轩轩的言语之中，有些惊诧，更多的是欢喜。

我说："你那位同学眼力挺好，这么远，都能看得见？"

轩轩说："这个玻璃窗大，一整面墙。不打开这一边的窗帘，厨房又晒不到太阳。打开窗帘来，一举一动就都在别人的眼睛里。这根晾衣竿放在这里，正好可以为我遮挡一下隐私。"

轩轩整理好衣物，又开始整理桌面。这张写字桌，前些日子被她移至床头，上面放了电脑和学习用的纸笔书籍之类的。记得当时轩轩说，现在要坚守床头。这一坚守，就是一个月。轩轩做事还是挺麻利的，只一会儿工夫，就把这个简单的书桌收拾得干净清爽。书桌的一侧，还放了一盆花。花很普通，并不贵气。但在这个周末午后的时光里，这盆花与电脑书籍一起，静默在这片阳光里。感觉世间岁月原来是如此静好。

轩轩说："这一段时间，超市连续给我送了两次生活物资，现在，冰箱都装不下了，要赶紧处理掉。"我说："谢菲现在的温度还不高，你先把菠菜之类的蔬菜吃掉，黄芽白、土豆之类的还可以留存几天。至于肉吗，多了可以冰冻起来，也可以红烧一些。"听到红烧肉，在整理地面的时候，轩轩就不停地问询怎样做红烧肉，而且说："今天就来做红烧肉。"

说话之间，轩轩把地面上散乱的鞋子归到了进门处，摆放整齐。又将茶几靠了墙根上，把原本有点杂乱的生活物资齐展展地摆放在茶几上，且高低错落，色泽相间，物有所归。

那片阳光就这样一直温暖地照着，照着这个流动着音乐的房间，照着轩轩忙碌的身影。终于，轩轩直起了身子，脸上泛着红晕说："老妈，怎么样？"

我说："很干净温暖的小窝。"

生活的幸福指数，很大一部分源于自己居住的环境。在不能够或者说还没有能力为自己谋得一间很舒适的屋子的时候，也可以对自己现有的哪怕是极其狭小的生存空间，来一次彻底的清扫。当你劳作过后，面对一个简单而温馨的居室，你的舒适感也会成倍增长，你会因为你的付出而收获成就，并且会爱上这间小居室。

轩轩站在屋子里，面带笑容，欣赏着自己的作品。远隔千山万水，看着干净整齐的小屋，我有些感动。我对轩轩说："辛苦了一个下午，阳光又这么好，正好可以拍几张照片。再说了，英国对于我们来说，只是一个过客。这间屋子与你，也就剩下几个月的缘分。一个角落，一台电脑，一本书，一支笔，一盆花，一个静物，还有你最爱的小熊……都可以作为你拍摄的对象，留存纪念。"

小熊是一个穿着一件布衣的棉质玩偶。自从轩轩出生以后，这个玩偶就被轩轩莫名地看上了。自此就一直陪伴着轩轩，轩轩走到哪里，就把小熊带到哪里。就连睡觉，都要放在床头。毋庸置疑，这是她的最爱。这不，千里迢迢，还被轩轩带到了英国。轩轩说："不行，我要保护小熊的隐私。万一小熊发脾气了，就不好办了。"瞧瞧，还真把小熊当成一回事了。

最后，轩轩还是接受了我的意见，拍来了几张照片，用影像记录了自己居住的小屋，但确实没给小熊拍照。大抵轩轩真的认为，小熊是有生命的。没有得到小熊的同意，就给小熊拍照，小熊是真的会生气的。

留学英伦半岛已一年有余，轩轩的生活已渐渐恢复了常态。事实上，留学的孩子们，远比我们这些在国内的家长要淡定得多。在纷乱的景象中，孩子们能保留一颗纯真的心，用心调理自己的生活，这本身，就是一笔最珍贵的财富。

明天要上课了

今天给轩轩发了第二十九个红包，上面写着："饮食均衡不上火。"

昨晚睡前，轩轩给我发来一张照片：一只白色的瓷碗，里面盛放了半碗橙色的汁液，一些颗粒性的物质已经沉淀到了碗底，颜色上浅下深。轩轩说，蜂蜜水。我说，挺好的，清火。

春天阳气上升，人体的阳气顺应自然，正在慢慢苏醒，向上向外散发。如果在饮食上不注意清淡，很容易引起咽喉上火。因此要注意保卫体内的阳气，凡有损阳气的情况都应避免。

可能是冰箱里的肉真的多了，一早睁开眼睛，就看见轩轩发来的几张晚餐照片：浸泡在油锅里与油共煎熬的排骨、盛放在那个绿边盘子里的排骨、上面撒了葱蒜和青椒的排骨。一碗排骨，女儿做得还挺上心，看起来色香味都不错。也因此，这盘油煎排骨，在我们家的小群里，获得了一致好评。

我说："这个还真不错，看着都好吃，大厨的手艺啊。"轩轩说："腌制的材料是从网上找的，甜咸口味，外脆里嫩。"我说："不要多吃，怕上火。"轩轩说："好。真的，以后能当个厨子，饿不死，也不愁找不到工作了。"

我说："人生有三大技能：做饭，开车和游泳。这三大技能可以首先保证你饿不死自己；第二，今后想去哪，自己一踩油门就到，不用求人；第三，当你面对一条河，没有路走的时候，可以游过这条河。"

轩轩发来一个流泪的表情，说："做饭可以吃，开车忘了，游泳狗刨。"我说："回来之后继续练习。一样一样来，先搞定厨艺，喂饱自己的肚子。今后，有了这三大技能，走到哪都不怕。"

英国伦敦的夏令时与我们有七个小时的时差，现在是轩轩那里的夜半，轩轩已经睡了。我随意浏览被我置顶的几个留学生家长群：谢菲研究生家长群、谢菲学联学生家长群和谢菲留学学生家长群。为了不打扰各位家长，基本上是每天晚上 11 点以后，发送我和轩轩的故事和照片。

每天早晨，我都被各位家长如雪片一样温暖的话语包裹着。有发自真诚的感谢，有触动内心共鸣的情怀，有转发给孩子看的，有收藏一段故事的，还有喊我要注意休息的声音……满满的支持，满满的感动。九百六十万平方公里，难得我们从祖国各地走到一起。千山万水，我们一路同行。

谢菲尔德大学的嘉玮妈妈在留学家长群里@大家，提出了一个建议：

大家一起来创作一部关于谢菲留学生家长和学生的作品，怎么样？

这个建议得到了很多家长的支持。一位爸爸说：

非常好，这部作品可以是小说，也可以是电影电视文学剧本，还可以是人手一篇的合集。以我们谢菲留学的六千名学生为背景，超六千名留学家长为线索。从孩子们落地英伦半岛写起，写出我们的孩子一直走在求学路上独特的感受。

嘉玮妈妈在群里点了几个大大的赞，说：

什么题材都可以，出版了我要收藏。因为里面有我们的忧伤、我们的焦虑、大家的互助和关爱，有祖国母亲给予我们和孩子的安全感。

江西的那位爸爸说：

每位家长都有不同的经历，会有不同的感悟。文笔好的家长可以现在执笔，孩子们在完成学业的过程中，也可以从自己如何完成学业的角度参与进来，共同记录自己留学英国的故事。

心缘妈妈拍着掌说：

可以邀请谢菲的家长们一起写。号召一人一篇，再把相亲节目加进去，长短不限，体裁自由，结集为《来自中国——谢菲学子家长的故事》。即使出版不了，我们也可以自费印刷收藏纪念。老早孩子小的时候，我们天南海北的家长经常一起自费印刷娃娃们的作文。

留学生家长们的情绪深深地感染了大家，群里一位从不发声的爸爸走了出来，也许是个资深媒体人，他的话还是很专业的。他说：

这是个非常美好的愿望，能够记录这一段我们共同走过的历史，甚是欣慰。如果在我们六千名家长中有这样的人脉资源，又愿意支持我们，我们可以一起来做这件事。如果没有外援，就让我们谢菲留学的家长们齐心协力，共同书写，集资出版，全网发行。

　　但成书的路不是那么容易的，文稿的来源，联系出版社、申请书号、审稿、校对等等，都是不可忽视的，需要众人共同来工作。不知陪同孩子留学英伦路上的家长们，是否有这个时间和精力，最终让这本孩子艰苦求学、家长全力支持的书得以成册？

　　至此，群里讨论的声音因为专业的解说而沉默了。见此情形，谢菲尔德大学管奕林爸爸说：

　　　　家长们好，今天谷雨，种瓜点豆。种下希望，收获幸福。明天开始上课，让我们为孩子们加油！

　　这才想起，今天是 4 月 19 日，二十四节气中的第六个节气——谷雨，也是春季的最后一个节气。谷雨于每年公历 4 月 19 日、20 日或 21 日，是古代农耕文化对于农业物候节令的反映，有"雨生百谷"的意思。

　　谢菲尔德大学明天将开学，课业会繁忙，时间会紧凑。孩子们可以再次见到老师和同学熟悉的面容，倾听老师的声音，完成自己的学业。孩子们的留学生活，也会因为自己的坚守，增添人生的厚度。

　　在此，借助谷雨"时雨乃降，五谷百果乃登"之美意，衷心祝愿我们留学英伦的孩子们，从明天开始，好好种瓜点豆，种下希望，收获幸福！祝福我们的孩子们，从明天开始，认真学习，好好生活，健康平安！

遥远的视频

今天是 4 月 20 日，一个值得纪念的日子，不仅是谢菲尔德大学开启新一轮上课的第一天，还是我给轩轩发红包的第三十天。我在红包上写着："静下心来开始上课。"

昨晚，照例和轩轩聊了会儿天儿，我习惯性地问轩轩："弄啥吃的？"轩轩拍了张照片给我，照片显示是在厨房。一口锅，锅里有一汪汤汁，一块块白色的菜根正在水中煮着。我问："这是啥？"轩轩说："花菜呀，还没做好。"

轩轩喜欢吃花菜和西蓝花，在家的时候，就常弄这个。这两种菜长得像花，都来自国外。花菜原产于地中海东部海岸，约在 19 世纪初引进中国。西蓝花原产于意大利。这两种菜不仅味道鲜美，营养也很高，而且含有丰富的维生素 C，有很高的药用价值。民间传说，多吃西蓝花，对身体非常有益。

就像常人所说的，好吃不好消化。这两种营养丰富的菜，因为质地偏硬，不太好料理。要想弄出点独特的风味来，还真的有一定的难度。这不，没多久，轩轩给我发来了一个有点蒙的表情。说："今天卖相不好，不给素材了。"轩轩口中的素材，就是不拍照片给我收藏。

呵呵，也许是这盘不算糟糕的花菜影响了轩轩的情绪，轩轩半天不愿意和我说话。北京时间晚上9点，我问轩轩在干啥。轩轩只是简单地回了我一句："学习。"

早晨6点50分，也就是伦敦时间0点20分，眼睛一睁开，看见轩轩给我发来的一张照片，还是那一片阳光，穿过那排明镜一样的大玻璃窗，洋洋洒洒，将自己的温暖毫无保留地馈赠给了这间斗室。一张小桌，沐浴在光影里，桌上的发簪架和一些杯杯盏盏，此刻，都静默在阳光的刻度里，温暖而舒适。

我给轩轩发了一条信息："这张照片拍得不错，很有意境。"此时是伦敦时间0点，轩轩已经睡觉了。我给轩轩发了一条信息："今天要上课了，吃好睡好精神才好，免疫力也强。加油！"

第二天清晨，轩轩发来了一张照片。还是那一片阳光，穿过那一排阔大的玻璃窗。光影热烈，在房里窜来窜去，找地方躲猫猫。一室之内，只有窗帘的一角，因为有窗帘的庇护，才没有被阳光照着。晾衣架高高地挑着一床被褥。阳光的气息，从照片里流淌了出来。这两天被寒流侵袭颇觉寒冷的我，瞬间也温暖了许多。

轩轩说："这5点半的太阳晒得头发都烫了。"我说："伦敦是夏令时了，阳光自然是夏天的感觉了。"

今天一早，又看见那片阳光，还有那个高高架起的晾衣架，上面晾晒的是一床白色的被单。阳光似乎正在穿透那床被单，在被单里闪烁着，做着游戏，给被单带来亮一块暗一块的色调，但主体是通透明亮的。轩轩又拍了一盆水说："这是我洗床单的水。"我给轩轩发了一个拥抱，说："还好，水看着蛮清。不过，床单要常洗常晒，要消毒。有太阳的味道多好，睡着了都香。"轩轩说："洗衣机在外面，是公用的，不想用。自己洗被子好麻烦，水挤不干。"我说："没关系，一天晒不干，就晒两天。一个人的生活，好打理。"

1月下旬，我们一路南下，渡过琼州海峡，来到海南岛，开始了我们的候鸟生活。本以为是短暂的，谁料想一住就是近两个月的时间。

3月上旬，学校给我们仍旧在外地带毕业班的老师发出了通知，让我们回家，准备上课。于是，我们再次渡过琼州海峡，踏上了千里迢迢的返乡之路。

和我们一道去海南的父亲、母亲跟随着弟弟，去了弟弟弟媳工作的广西。那儿人少，山林又多，空气质量很好。父亲、母亲这一住，又是一个多月。前天，弟弟开了一整天的车，与弟媳一起，带着父亲、母亲和他们的儿子，山一程，水一程，终于回南昌了。

傍晚5点30分，我给学生上完了这一天最后一节课之后，匆忙跳上爱人的车，在都市夜色阑珊的灯火里，赶到父母家中，吃了一顿团圆饭。

这天晚上，我们家有一个很重要的活动，就是和远在英国留学的轩轩视频，已经很久没有这样一大家子一起聊天儿、一起视频了。当视频打开的时候，轩轩穿着一件短袖，一头散发被一根橡皮筋随意地绑在脑后。看见一大家人，轩轩先是愣住了，继而是开心地笑了起来。自2月初在海南与外公外婆一别，已有两个多月了。此刻，即便是隔着屏幕，也格外亲切。

九十岁的父亲，弯着腰身，眯着眼，看着屏幕那端的轩轩说：

轩啊，还好，还好。在英国没事就不要乱跑，多睡觉，多休息啊。

八十五岁的母亲，脸几乎贴着屏幕，手指在眼前不停地指点着，极为认真的样子，大声地说：

轩轩，一定要吃好睡好休息好。提高免疫力一定要吃三样东西：蔬菜，蛋……还有一个什么……对了，是奶。这三样东西超市里有得卖，记得一定要多吃啊。吃好，睡好，身体就好啊。

弟媳是个乐天派，面对着轩轩有点杂乱的头发说：

妞啊，你的前面头发怎么扎的，这么像你老妈，头皮都要露出来了啊。

弟弟的儿子小橙子笑着说：

老妹，你看你扎的什么头发，还不如不扎好看。

轩轩的姐姐也笑着说：

是哦，女孩子还是要化点妆，好看一点哦。

母亲接着说：

都是一个人在英国闹的，没有人帮她扎辫子了呗。

家人不断地说着话，轩轩也笑着说话。我却笑而不语，看视频里的轩轩，看见轩轩有一个动作，一直用她的手，在鼻子的末端来回地游走，不停地游走。

我说："吃饭了吗？"轩轩说："在做。"说完立刻起身，两只手依然在鼻子的末端来回地游走。一会儿轩轩拍来一张照片：一个保鲜盒装着的菜，一些豆皮一样的小卷间，混杂了不少青色的菜秆，没看出来是什么。轩轩自己介绍说："羊肉香菜。"

哦，原来这英国的羊肉卷，长得和我们的有点不大一样，还以为是豆制品。

小橙子立刻连说了二个单字：

好！香！

轩轩自己跟出了一个单字：

绝！

弟媳更是连蹦三个字：

牛！牛！牛！

轩轩很快把这碗羊肉香菜连同一碗米饭吃完了，说：

舒服了。

弟弟看着那个空饭碗说：

还有几粒。

轩轩说：

好严格。

轩轩的姐姐说：

粒粒皆辛苦。

是啊，每一碗米饭都来之不易，每一种菜蔬也来之不易。生活，更是谈何容易。我们似乎习惯了风和日丽，一点风雨就会让我们感觉不安。但有些风雨不是我们可以逃避的，关乎我们的生活、学习、孩子、家庭，乃至于生命。其实，有点风，有点雨，是生活最真实的常态。若春天只有阳光，没有前期冬日的凛冽，初春的寒气，还能期望花草树木给你一个怡人的春色吗？

世界读书日"菲得相亲"

一个人宅居在公寓里，最担心的就是吃的喝的够不够。和轩轩聊天儿，这个内容天天被我挂在嘴边，轩轩都不愿意听了。后来我呢，也就是嘴巴不说，心里还是惦记着。一遇风吹草动，就又蠢蠢欲动了。在给轩轩发第三十三个红包，我写着"饮食三宝不能少"的时候，心里还这样想着。

傍晚下班回家，第一件事就是发信息问轩轩："记得外婆说的饮食三宝是什么吗？"轩轩说："肉蛋菜奶。"我说："不错，还加了一样，四宝了。今天吃了几宝？"轩轩发来一个仰头红脸的表情，说："早上吃面包和奶，中午吃菜肉蛋。现在嘛，嗯嗯。"我忍住笑说："这样好，有人间烟火气。不然，只进不出，不就变成貔貅了。"轩轩说："嗨，话糙理不糙。"

不久，轩轩发来了一张照片。感觉这段时间轩轩受东北菜影响比较大，喜欢一锅炖。瞧，一碗菜里面啥都有。轩轩自嘲地说："这是西式的香肠加芹菜加大白菜加牛肉，中西结合，千奇百怪吧。不过，有点难吃哦。"我说："有创意，说不准以后会成为一道留学生名菜呢。卖相不好，说明技术还不到位，还得多打磨。"

今天是第二十五个世界读书日，世界读书日也叫世界图书日。上午在课堂上，我和毕业班的同学们分享了世界读书日的由来。据考证，联合国教科文组织选择 4 月 23 日成为世界读书日的灵感来自一个美丽的传说。4 月 23 日是西班牙文豪塞万提斯的忌日，也是加泰罗尼亚地区大众节日"圣乔治节"。实际上，这一天也是莎士比亚出生和去世的纪念日，又是美国作家纳博科夫、法国作家莫里斯·德鲁昂、冰岛诺贝尔文学奖得主拉克斯内斯等多位文学家的生日，所以这一天成为全球性图书日看来是"名正言顺"的。

我对我的学生们说："今天我们能在教室里读书学习，感受世界读书日的温暖，这是一件幸事，得感谢我们的祖国。就在今天，在英国，在世界各地，有很多如轩轩一样的大哥哥大姐姐，他们也在上课。老师传递出来的信息，拓宽了书本的厚度，增添了书本的高度。读书是一件有趣之事，在阅读中，感受书香的气息；从学习中，体会到读书的乐趣。"

中国有句古话，"腹有诗书气自华"。其实在我们的留学生家长群里，爸爸妈妈们是很有书香气的。轩轩学校名字里有个"菲"字，这几天，就这个"菲"字，群里的妈妈们就把它用到了极致。瞧，在聊到"快乐相亲"这个节目的时候，群里有个妈妈率先来了个"菲要成双"，电气男孩爸紧跟着来了一句"菲成不可""菲得相亲"，有位来自内蒙古的妈妈来了一句"菲你莫属"……这是多有意思的词语活用啊，如果没有厚实的知识积累和素养，如何能对得出来？

清晨，群里来自大唐的书香气又吸引了我。

谢菲尔德大学法硕 FF 妈妈 @ 来自谢菲的华人王医生，用了一句诗和他打招呼：

华夏亲友如相问，一片冰心在玉壶。

王医生很快就回赠了一首诗：

青山一道同云雨，明月何曾是两乡。慈恩塔下题名处，十七人中最少年。

　　我随即接了一句：
　　逆行路上盼君安，春暖花开待君归。

　　谢菲尔德大学法硕 FF 妈妈的诗句"洛阳亲友如相问，一片冰心在玉壶"，出自唐代诗人王昌龄的《芙蓉楼送辛渐》，全诗为"寒雨连江夜入吴，平明送客楚山孤。洛阳亲友如相问，一片冰心在玉壶"。而我的诗句，是脱口而出，没有出处的。
　　妙就妙在王医生的回赠诗。这本不是出自一人之手的同一首诗。"青山一道同云雨，明月何曾是两乡"，出自唐代诗人王昌龄的《送柴侍御》中，全诗为"沅水通波接武冈，送君不觉有离伤。青山一道同云雨，明月何曾是两乡"。而"慈恩塔下题名处，十七人中最少年"这句诗则出自唐代诗人白居易之手。当年还是少年的白居易考中进士后，登上西安大雁塔，写下了这句诗，表达他少年得志的喜悦之情。
　　莎士比亚说："生活里没有书籍，就好像没有阳光；智慧里没有书籍，就好像鸟儿没有翅膀。"我们的孩子，正走在求学进取的路上。我们的留学生家长群，也是卧虎藏龙之地。若不是将书读到通透，是很难在几秒钟之内出口成章的。

愿我们被世界温柔以待

　　昨晚，轩轩给我发来了一个小视频：几个长发白裙的女孩子正在舞台上跳舞。轩轩喜欢跳舞，我以为是她跳舞的影像。仔细看了一下，没有轩轩，就问轩轩："这是谁啊？"轩轩说："是电视里的，看着很好笑。"我在给轩轩发的第三十六个红包上面写着："看看乐戏也哈哈。"

　　春天的谢菲是具有诱惑力的，芳香随着流动的气息鼓噪了孩子们的心。这两天，群里的几位妈妈分享了许多照片。这些都是她们的孩子在谢菲的公园里拍的，用满园春色来形容谢菲的春天毫不为过。

　　轩轩给我发来了几张照片，她说："这是谢菲公园里春天的景色，都是明信片的色彩。"一张张地浏览，有一种安详宁静之美。自上而下，天空是纤尘不染的蓝，白云镶嵌在蓝色里，纯净得如空灵的两色水晶。一池碧水，芳草正绿，鸥鸟和鸣；一树樱花，伸枝展叶，盈盈物语。似一位佳人，亭亭玉立在水的那一方。远远近近，绿草繁花，一派春生万物之景。开阔的草地上，散落着几只小鸽子。它们在温软的春阳里，悠闲地在人们的身边觅食，咕咕地呼唤，与观赏它们的人彼此逗趣。一只黄褐色的小松鼠，扬着宽大的尾巴，如入无人之地，大模大样地在草地上踱步。看见行人，还绅士般地回首，流露一种与子同游的惬意。

小鸽子、小松鼠尚且如此自在，何况是崇尚自由的民众呢。视频里，出现了很多英国人的身影：男人，女人，还有他们的孩子。孩子们喜欢小鸽子，父母陪着孩子，一起看鸽子，一起喂鸽子，一起与鸽子嬉戏。

一家人走进春天，吸吮春的气息，享受春色之美，这是谢菲尔德春天里的故事。

轩轩又发来一个流泪的表情，说："很想去艾溪湖。"轩轩所说的艾溪湖是我们居住的这座城市唯一的一块典型城市天然湿地，面积非常大，是一个非常好的天然氧吧，人称城市绿肺。草坪六十万平方米，植物种类丰富，有紫荆、水杉、湿地松等等。艾溪湖四季常绿，四季芬芳，并将逐步与几公里之外的天香园候鸟公园连为一体。2018 年，依地形地貌，在艾溪湖的东侧，在一片荷塘旁，政府出资，修建了一座可以容纳百余人的美书馆，藏书数万册。自此，来艾溪湖的人可以看风景，可以休闲驻足，可以品味书香。小小的木制建筑的美书馆，具有古朴典雅的氛围，兼具清幽的环境、素雅的人文气息，这让艾溪湖成了人们休闲娱乐的好去处。

因为住的地方离艾溪湖湿地公园不远，轩轩在家的时候，我们就经常去湿地公园走走。春看绿草繁花，夏赏风荷并举，秋看大雁晚霞，冬则踏雪寻梅。几乎每一个季节，我们都可以在湿地公园里，找到我们常去驻足的理由，并乐此不疲。

轩轩想念艾溪湖，本也无可厚非。但现在她在英国，想去艾溪湖，无非是想家了。我给轩轩的建议是目不窥园。我说："天气好，温度升，若有时间，就在附近的公园里走走，散散心，也是挺不错的选择，健康第一。"

轩轩不以为然。她说："老妈，我们俩愁的重点不一样。老妈你天天在谈健康，而我在这天天烦论文，我仿佛跟现实脱节很久了。"

我有些惊诧。轩轩似乎在说，她与现实距离很遥远，倒是我每天都生活在现实之中。似乎我一天不谈及健康，这感冒伤风就会从门缝、从窗户、从空气里，从万里之外侵入了进来，然后我们就有可能生病。

由此想到我加入的那些留学生家长群。每个群都四百五十人以上，有的还是满员五百人。无论哪一个群，我们这些留学孩子的爸爸妈妈谈论的话题，永远都以孩子的健康为中轴而展开，以孩子的衣食住行安全为主题。从生活物资聊到医药用品，从头疼脑热聊到身体发肤，没有我们这些家长们不聊的内容，甚至开心地自作主张，为孩子们找寻他们未来的另一半。虽然明知孩子们不乐意，但这是群里的爸爸妈妈们消磨时光、聊以慰怀的话题。就连留学在英国的孩子们得知后，也只是打趣地说，你们乐乐就好。

似乎，我们这些日夜操劳的爸爸妈妈，正身处风暴中心，被狂风肆虐。而我们留学英国的孩子们，却远离了风暴的中心，他们都在享受世外桃源一样的安静。孩子们对我们这些家长的关爱感觉到负重了，有了要走进桃源的冲动。

其实，我在给轩轩的红包上写的"目不窥园"，是有深意的。此句出自《汉书·董仲舒传》："少治《春秋》，孝景时为博士。下帷讲诵，弟子传以久次相授业，或莫见其面。盖三年不窥园，其精如此。"还有一个活用的示范：学者兼诗人的闻一多，从 1930 年到 1932 年，从唐诗下手，目不窥园，足不下楼，兀兀穷年，沥尽心血。一个又一个大的四方竹纸本子，写满了密密麻麻的小楷，如群蚁排衙。几年辛苦，凝结而成《唐诗杂论》的硕果。

也许轩轩是对的，倒是我们这些家长，多是操心些不着边际的事情。也好，我们也可以放下执念，做自己的事情。

快乐的五一国际劳动节

真没想到，轩轩会以这样一种方式度过今年的五一节，而且是在英国度过的。

在国内的时候，每当五一节到来的时候，我们都会给自己留点时间，走进大自然。刚刚走过春天，枝条渐绿，繁华初绽。江南多名山，也多灵水。远一点，有我们居住了多年的庐山；近一点，有我们居住的南昌城的后花园梅岭；再近一点，有离我们的小区不远的艾溪湖湿地公园。这些，都是我们欢度五一的好去处。

本以为，今年的五一，我们和远在英国的轩轩可以两地共度节日，彼此话桑麻。在多次与轩轩联系之后，才得到了她的两个字："上课。"

这才想起，今天是星期五，是轩轩上课的日子。我然后想，为什么英国的五一不放假？再一想，这样也好，轩轩是奔着学业去的，放假与不放假的意义其实不大。上课，还可以让自己的时间更饱满一点，生活更充实一点。

适逢节日，轩轩又独自一人在外，我想还是要有一点节日的气氛，让轩轩感受节日的气息。所以，在给轩轩发第四十一个红包的时候，我发了两个红包，意喻双份双倍的快乐。

既然是劳动节，就干脆来个彻底的大扫除以作纪念。我们和千里之外返家过节的小弟弟小弟媳一家，带着父亲、母亲驱车回到了位于九江柴桑区的父母家。父亲、母亲和我们一起住在南昌，已经有几年了，九江柴桑区的这套两居室也闲置已久，家具什物都蒙上了厚厚的灰尘。我们和居住在九江柴桑区的大弟弟一起，以打扫卫生的方式，度过了这个劳动节。

　　这些年，父亲、母亲一直和我们生活在南昌，帮着在外工作的小弟弟小弟媳带大了他们的儿子小橙子。小橙子和轩轩同岁，相差六个月。打小，被人称为双胞胎的兄妹俩是在同一所学校上学。上小学的时候，每日接送轩轩和小橙子，就是父亲、母亲的快乐。每每走在大街上，都是一道羡煞人的风景。不知听到过多少这样的声音：多好的一对孩子啊。

　　后来，两个孩子一起走进了中学，走进了大学。如今，两个孩子又都成了研究生。轩轩在英国留学，小橙子在国内。即便是相隔了万水千山，两个孩子的交流还是那样多，童言依旧，笑语依然。

　　父亲、母亲的家，是轩轩和小橙子童年时最快乐的园子，留存了两个孩子很多的故事。时隔多年，再来打扫，家具什物都覆盖了一层厚厚的灰尘。在除去尘埃，捡拾物品的过程中，我们惊喜地看见了一些十几、二十年前的物品。轩轩小时候用过的一台电子琴，镶满贝壳的小相框，一张方形的铁架子镜框，小橙子婴儿时期的包被，一台我给孩子们做衣服的缝纫机，还有很多旧时的衣物。

　　母亲说有一个木箱子，里面有好多书。在杂物堆里，我们找到了这只木箱子，由一块块木板拼起来的木箱子。因为年岁久了，褐色的漆面上现出斑驳的沧桑。解开木箱外那个有历史感的小搭袢，我们姐弟仨曾经读过的小人书，什么《小兵张嘎》《鸡毛信》《斗牛》《红雨》《带响的弓箭》《烽火少年》《泥石流》《一只牛角》……出现在眼前。由于有些岁月，小人书的页面有些发黄。那是二十世纪六七十年代的小人书，每本的价格都只有几分钱，整整一箱，是早就绝版了的珍品。

最惊奇的是老父亲留下来的两种宝贝。第一种宝贝是石头。父亲1954年毕业于长春地质学院，一辈子从事地质工作，对矿石深有考究，这几块石头应该是当时父亲采样时留下的样本。我不知道这些石头叫什么名，只觉得很好看，有红色、绿色、黄色，还有灰色，还有伴生色，颜色依旧是明朗的。第二种宝贝是书籍。父亲是地质总工程师，看过的书籍，留存到现在的仍然有好几大箱。大弟弟说，还不止这些。父亲还有一间收藏物品的水房（当然，早就没有水了），那里有更多父亲收藏的书籍和用过的地质队员外出的物品。因为放置的物品太多，又因为时隔太久，现在是连门都难得开了。

在理工大学读书的小橙子说，他们学校的图书馆，都没有这么古老的地质书籍，全面而专业。

我说："小橙子，五一后返校，告诉你的导师，你有一个爷爷，是地质总工程师，现在还保存了一些地质古董；你还有一个姑姑，特地为爷爷写了一篇长散文《父亲的登山鞋》，这篇散文被收录进江西作协主编的改革开放四十年文学专辑《八十个江西人的四十年》里了。专业知识加丰富的地质古本，理工大学可以请爷爷去当客座教授了。"

此话一出，一屋子的人都笑了起来。老父亲年岁已高，就算是真的有人相邀，我们也会一笑而拒的。

晚上，在与轩轩视频通话的时候，她正在健身，练得热乎着。还没有说几句话，轩轩就说要看手机里的视频，跟着节奏跳，就关了视频。不久，又打开了视频，说锻炼完毕，现在要讨教厨艺了。嘿嘿，即便不能去室外，轩轩的这个五一节，过得还是很有感觉的。

轩轩已进入紧张的学习模式中。想到轩轩常要上课，还要完成老师布置的作业，就不想过多打扰她。但是一天没见，还是忍不住。到了晚上

10点多，给轩轩发了一条信息，问她在干什么。轩轩说："在写作业。"我说："晚上不要熬夜，要早睡早起，注意生物钟。生活有规律，身体才好。"

其实，我们常说某人身体好，某人身体弱，这都是看其外表。人身体的好坏，与人体每天摄入的营养成分有着密切的关系。而人体所需的这些微量元素，很大一部分来源于我们的日常饮食。健康的饮食，表现在营养学上，指人体所需的各种能量。简单地说，就是蛋白质、脂类、碳水化合物、维生素、矿物质、水以及食物纤维等。

如轩轩一样的留学生们，外出购买自己所需的营养品固然是会受到诸多的原因限制的。但是，又不能因为某种原因就不调理好自己的生活，让自己年轻的身体受到亏欠。因而，就算是一个人的生活，也要尽心尽力，将饮食做到有营养。

这些日子，轩轩在厨艺上长进了不少，每天都会给我们发来她的厨艺成品，送来惊喜。而我呢，也每次将轩轩的作品作为一个亮点，放在轩轩与我一起完成的"轩轩在英国"的文字里。

算算，轩轩近期的厨艺作品名称很多。据不完全统计，大致有如下品名：虾仁滑蛋、夹心火腿面包、羊肉蛤蜊蔬菜、海鲜火锅、锅包肉、猪肉炖粉条、寿司沙拉、红萝卜红烧羊肉、西红柿炒蛋、炖鸡汤、鸡汤面、油煎排骨、羊肉香菜、小炒白菜梗、红烧牛肉、小炒黄芽白牛肉、生菜牛肉香肠、鸡蛋面包沙拉、咖喱牛肉意面……嘿，这厨艺，不但有创意，而且品种繁多，品相优良。

面对轩轩的每一件厨艺作品，我们都会乐此不疲地一边欣赏一边由衷地发出赞美。

人生存技能中最大的一个就是要喂饱喂好自己的胃。人对食物和水的需求，是最基本的生存要求。只有自己的胃舒服了，身体所需的水分充足了，你才能心无旁骛，并且有精力有力气，去做你想做的事。

这天晚上，在父亲、母亲家，和父亲、母亲一起与轩轩视频通话。

轩轩一直穿着一件黑底图案的短袖衫。问及冷不冷，她说屋子里有暖气，不冷。轩轩在厨房里忙碌，我们就边视频通话边看她做菜直播。

窗帘已经拉开，那排阔大的玻璃窗外又是一片明净的色彩。轩轩说："到了下午房间才会有阳光，然后，一直晒到傍晚。而且，晒得头皮都发烫。"大抵这会子，太阳还在别人家的屋顶上吧。

轩轩从冰箱里取出一块牛肉，放在那块乳白色的砧板上，顺着牛肉的纹理，手脚麻利地切了起来。由于拍摄的地方看不见全貌，只是感觉轩轩的手速很快。没有多久的时间，轩轩就拍来了她的作品，一碗营养丰富的牛肉面：小炒枣色的牛肉片，外加一只荷包蛋，都掩在绿叶中的挂面里。

轩轩特地将牛肉撕出一个侧面拍给我们看。牛肉的表层汁液饱满，内里浆液丰富，两粒红色的辣椒丰富了牛肉的色泽，透出浓浓的酱香。再看看那只雪白的荷包蛋，被轩轩的筷子一夹两段，却又似断非断。鹅黄的蛋黄如一股细软的流沙，从荷包蛋雪白的断口处汩汩而出，缓缓地，流进挂面中，附在了牛肉片上。

雪色、鹅黄、枣色、浅黄和绿色，就这样，在这个英国初夏的正午，很好地给了轩轩一个营养丰富的午餐。

就轩轩一日三餐的货品问题，我总是担心，生怕她会饿着自己，或者说缺少必要的食材。轩轩却总是会说："现在不缺呢，我有谢菲这边中超的联系方式，昨儿联系了超市，下单了，明后天就送到。放心放心，我也不是会饿着自己的人。"

轩轩说她不是会饿着自己的人。看轩轩在谢菲宅居生活期间的这些菜谱，就有理由相信，轩轩是个会生活的人。

这个五一劳动节，有人在劳动身体，有人在劳动嘴巴，有人在劳动心灵。不论是哪一种劳动，都是劳动的一种表现，只要自己觉得喜欢，不委屈自己。至于劳作之后的成果，他人怎么看，仁者见仁，智者见智，一切随缘，就好。

万劫不侵，内在修行

前几日，我跟轩轩说，这个五一要去看看婆婆。婆婆今年已经九十二岁高龄了，和她的小儿子一起住在赣江新区。轩轩说，代她向婆婆问声好。

今天上午，我们驱车来到了婆婆住的小区。从海南回来后，我们也曾来过这里，当时是从一个小门进去的。今日来，我们依旧从小门进入。在数栋楼房之间绕来绕去，第一次发现小区的路面都标上了醒目的黄色消防通道。

婆婆的家在二楼，这也是她的小儿子为了让年迈的婆婆出行方便，当年买房的时候特意选择的矮楼层。小区建立的时间较早，没有电梯。前些年，婆婆还能下楼，到不远处的湿地公园走走。近年来，年岁愈大，行动多有不便，已不能下楼，只能在屋子里活动活动。

看见我们来，婆婆很高兴。虽然有些消瘦，但精神尚好，还未开口，已是满脸笑容，尽管已是岁月沧桑。

婆婆说："轩轩在英国还好吧？"

婆婆这辈子养育了七个子女，儿孙满堂。我是她的三媳妇，轩轩是婆婆最小的一个孙女。婆婆是没有读过书的旧时女子，但性格很好，说话细声细气，笑语盈盈。自从轩轩去英国读书，婆婆就从儿女来家看她聊天说出来的信息里，了解英国，了解轩轩在英国的情况。虽然是只言片语，但对于小孙女轩轩一个人在英国留学，仍是担心。所以，见着我们来，第一句话就是问轩轩的情况。

婆婆的耳朵有点背，我贴着她的耳朵说："还好，现在就是学校公寓两点一线，不会有事的。"

婆婆笑着说："这样安全些，我也就放心了。"

我继续贴着婆婆的耳朵说："昨天我跟轩轩说要来看婆婆，轩轩让我代她向婆婆问好呢。"

婆婆笑了，脸上漾着快乐，说："好好好，我们大家都要好好的。"

坐在婆婆身边的夫也贴着婆婆的耳朵说："轩轩每天都要自己做饭。要是碰上不会做的，晚上就和我们视频。每天都拍自己做的饭菜给我们看。这么久了，现在做得蛮好。"

婆婆乐了，说："出去了就要自己学着做饭吃，学会了好多啊。"

婆婆是个好脾气。从我嫁进这个家，就没听婆婆说过重话。年轻的时候，每逢年节，我就在娘家和婆婆家来回奔波，那时候交通不便利，想要搭乘一趟便车，就要在风雪中候着。在 105 国道旁，看南来北往的车辆川流不息。有时候一等，就是一两个小时。婆婆就会不声不响地端来一个小板凳，让我在路边坐着等。

后来有了轩轩，婆婆卷起几件衣服，来到我们的家。整整一个月子，做饭、洗衣、给襁褓中的轩轩换尿片，婆婆没有一言半语的怨意。没事的时候，还会坐在床边，和我唠唠家常。在轩轩成长的过程中，遇到节日或是什么好日子，婆婆是必定会给出一个大红包的。

几十年了，婆婆的一言一语，始终带着笑。轩轩也因为婆婆的笑容而笑着和婆婆交流。这次听说我要来看婆婆，要我一定替她问好。

5 月的阳光，忽然就这样变得很热烈。我点点头，边下楼边回首。

婆婆一直站在门口，瘦小的身子在宽阔的大门里，显得越发瘦小。婆婆就这样一直笑着，一直笑着。看着我们下楼，再下楼，再下楼……

晚上，在和轩轩视频前，我给轩轩发了第四十二个红包，上面写着："营养均衡身体好。"视频的时候，轩轩正在吃一只梨子，或许是梨子很酥脆，发出吧唧吧唧的声音。轩轩说："太好吃了，脆生生、水灵灵。"

有些日子没吃梨子了，我咽了口水，说："看起来确实有水分，口感很好啊。"

轩轩走到灶台旁，视频里出现了一只冒着热气的锅。轩轩说："在蒸着呢。"至于蒸着什么，轩轩说："我不摆盘，等会儿你看着像什么就是什么。"没过多久，又发来了一张照片，这是她做的晚餐。三菜一汤：香菜羊肉卷、虾仁、炒豆腐和土豆丝汤。原来之前蒸的是虾仁啊。轩轩调侃地称这道菜为"三花聚顶原地起飞"。可不，羊肉卷是卷着的花，虾仁是弯着的花，炒豆腐则是质朴的农家花。而这一碗土豆丝汤，是花中肥沃的土地。香菜，则是花中不可少的绿叶。

看着轩轩越来越长进的厨艺，我告诉轩轩："在离开婆婆家的时候，婆婆送我们到了门口说：'要轩轩吃得好一点啊。'"

视频里的轩轩夹起一块"三花聚顶原地起飞"，放进嘴里，夸张地嚼了几口，又使劲地咽了下去，笑着说："老妈，你看我吃得好吗？"

忽然想起了李白的一句诗："仍怜故乡水，万里送行舟。"我们可以在地理上，将地球划分为七大洲五大洋，却无论如何，也断不开那些牵牵连连的各种水系。楼道的长度是有限的，但婆婆的笑容，因为融入了血脉，于是随着这些大江大洋，翻越高山大河，抵达了英伦半岛。与阳光比肩，穿过那排阔大的玻璃窗，送给了那个让九十二岁的婆婆牵挂的小孙女。

5月初暖尚有寒

江南的天，就是这样让人难以理解。明明是 4 月天，应是春红正盛，此时却是细雨霏霏。走在田间街头，人们还是穿着冬装。4 月的最后一天，气温骤然上升。季节就像是一道门槛，一步跨过夜半的零时，走进了初夏。

今天是五一假期的第三天，温度从 5 月的第一天开始，就节节攀升。夏的味道，已经流转在空气里。人在屋内，尚且流汗，更不必说行走在由钢筋水泥构建的森林里了。

母亲说，今年热得早了。因为今年是闰月，应该还是在阴历四月里。一般情况下，过了端午才热。看了下老皇历，今天是农历四月十一。看来，还真的如母亲所说，是热得早了一点。

英国的纬度较长江中下游平原高，大抵相当于我们中国的黄河以北地区，气温舒适怡人。但英国是个半岛，早晚气温相差大。想到轩轩可能会因为白天气温升高，而忽略了夜晚的寒气，于是，在今天给轩轩的第四十三个红包上特别写着："5 月初暖尚有寒。"意思是叮嘱轩轩，夏日初暖，寒意仍在，不可掉以轻心。

轩轩发来了一张照片，捎上一句话："今天吃豆芽。"照片拍得有点艺术感觉。明暗交织，那芽尖上的一点红，特别醒目。轩轩的厨艺大有长进，我且不说，轩轩每日要为我们的文字配图，因而对于每一份餐饮作业，尤其是菜品的外观，包括拍照，还是挺讲究的。

第二天，我照例给轩轩发了个信息，问她今天吃什么。一直到很晚，轩轩才回复了我的问话。我有些着急，问轩轩："你怎么睡了这么久，没有听到你的声音，我好着急。"

轩轩还是睡眼迷蒙，还莫名地问我："咋了？"

我说："没看你弄吃的，又睡了那么久，快半夜了才醒。在写论文？"

轩轩似乎又睡着了，到了夜半，发来一个流泪的表情包，说了一句："活过来了。"

轩轩这一流泪，我的心都是痛的。留学的孩子实属不易。为了学业，在学校和公寓之间两点一线，时不时接收蔡会长和谢菲的中超送来的生活物资，马医生送来的中药。更多的时候，是独自一人宅居在那间小小的公寓里，透过那排玻璃窗，看高楼外的天空，写着论文。不仅错过了谢菲春天的花事，也错过了与大自然交流的时机。

轩轩说，有点疲倦，今天叫的是外卖。我担心的，不是怕没有生活物资，而是想到轩轩久居室内，缺少运动。我说："除了学习，你也可以跑跑步啊。"轩轩发来一个画面，一个蒙着眼睛的表情。

为了督促轩轩多做运动，我又给她发了第四十四个红包，上面写着："万物生发在于运动。"

第二天早上睁开眼睛，看见轩轩发来的几张照片，全是她做的菜。第一张是一块砧板上一堆剁碎了的红辣椒，看起来蛮辣。砧板的一旁，有一碗剁好的瘦肉和一些看不大清楚的配料。第二张是一碗以豆腐为主材制作的豆腐成品。轩轩近距离地挑起了一块豆腐，拍来了一张照片。

这张图片，较为清晰，一汪酱香的汤汁，里面浸泡了雪白的豆腐。汤汁正在慢慢入味，如刚刚走出雏形的嫩芽，正在发生蜕变。豆腐经历了酱色的浸染，葱蒜的洗礼，肉末的包装，兼以各种调料的点缀，瞬间华丽转身，变成了豆腐中的佳丽。

轩轩说："这是麻婆豆腐。"我笑着说："大有麻婆之风范。"轩轩说："问题来了，麻婆是谁？"我说："麻婆就是手脚麻利的婆婆。"轩轩笑着说："牛人，就是牛气。"我们就这个麻婆豆腐热闹地聊了半天。

平常的日子，说说吃那些事，也是生活百味中的一种。本来嘛，生活中没有好的饮食，怎么能有健康的身体呢？

中午，小弟媳从九江发来了几张照片，全是小孩子的衣服鞋子。小弟媳问我要不要，要的话，就认领一下。我细细一看，全是轩轩和小橙子小时候穿的衣服。心里一激动，就叫了起来："这都是好东西啊。"弟媳说："拍个照留个念，准备扔了。"我说："不能扔，留着，你给我带回来。"弟媳说："你确定要？我帮你挑几件带给你，小橙子的我也留几件。以前你留给小橙子的全给你带过来？"我说："要的，要的，都带过来。"

小弟媳一共发来了六张拼图，每张拼图都是由九张图片拼接而成，每一张小图片又都由一件件小上衣或者一条条小裤子再或者是一顶顶小帽子组合而成，还有鞋子等物品。一张张看来，每一件小衣物，都是一个故事，都有一段回忆。好像时光回到了二十多年前，特别眼熟、亲切。

那个小三轮车，应该是有两台的。两个一般大的孩子，骑着小三轮车，在家门口硬实的水泥路面上走过，留下一串串笑声；后来，小三轮车变成了两轮车，车型大了一些，后轮旁有两个小支轮。两个孩子骑着它们，轧过有点破损的水泥路面，依旧留下了许多笑声；再后来，那两个小支轮卸掉了，剩下前后两个大轮。两个孩子骑着它们，从家门口骑到幼儿园，又从幼儿园骑到学校，骑过了更多的水泥路面，发出了更多的笑声。

还有那几件绵绸的小花裙。记得是夏季，我从街上扯回几尺柔软的花布料，自己画，自己裁，自己剪，自己做。就着阳光，踩着缝纫机，一针一线，踩出了轩轩的小花裙，也踩出了轩轩的清凉一夏。

这样的日子，过去了很多年。季节在变，人在长大，衣饰也在变。现在，孩子们都长大成人了，这些小衣小物也早已被我们淡忘。如果不是小弟媳翻箱倒柜，也许，我很难再有机会去留存这些记忆了。

下午，有点闲适，就在留学生家长群里浏览，看见群里发出最多的声音是有关机票的问题。随着天气转暖，气温升高，孩子们的学业也接近了尾声。轩轩说所有课程大概在 6 月可以完成，只剩下一篇论文，要求 9 月提交。论文是可以在任何地方完成的。

这样看来，大概在夏季，轩轩可以回家了。

我们的"解忧杂货铺"

　　昨天，轩轩做了一道麻婆豆腐，发来了几张照片，看那个辣椒，确实放了不少。红色的辣椒，可以调节口味，刺激食欲，还比较养眼。看轩轩吃得热辣辣的，似乎还流了汗。今天一早，轩轩发来了一条信息，附带一个流泪的表情，说可能是昨天吃辣椒有点多，拉肚子了。我着急了，要知道，一个人的日子里，最好是没有病痛，平平安安才好。我急切地问道："现在还拉不？"轩轩说："拉完就好了。"我说："你那里不是有些中药吗？赶紧看看，什么比较合适。"

　　就轩轩拉肚子一事，我咨询了马医生。当得知轩轩只有肚子疼的症状，马医生叮嘱说："吃点藿香正气丸就可以了。"我赶紧把马医生的这条信息转发给了轩轩。过了一会儿，轩轩说："没事了。"我说："现在是阳气上升之时，辛辣的东西少吃一点，可以作为作料，添加一点就好。"

　　饮食辛辣是一个因素，还有一个原因可能是上火了。轩轩说，昨天下午，太阳照进了她的房间，贼热，房间和蒸笼一样，坐着不动都冒汗，像桑拿。我忽然想到了她的那排大玻璃窗。那个在整个冬季，给轩轩带来温暖的大玻璃窗。在夏季，直射的太阳，如果依旧如此热烈，就真的是不合时宜了。

我问轩轩："你那个房间没有空调吗？"轩轩说："没有。"这就让我又有了担心，在接下来几个月的夏季时光里，轩轩的房间如果还是这样受到阳光的热烈青睐，那该是多么艰难啊。轩轩说："傍晚六点多钟，太阳忽然不见了，温度立刻就降了下去，屋子里也就凉快下来。"

我的大脑里忽然闪现出两个字：换房。再一想，换房也是不切实际的，很麻烦。毕竟只有两个月就要结束课程。所以，在给轩轩发的第四十七个红包上，我写着："拉上窗帘好乘凉。"

还是在 4 月初，一位素不相识的朋友，通过朋友的推荐添加了我的微信。这也是一位留学英伦的孩子家长，但与我女儿不同校。她希望我能帮助她加入她女儿的留学生家长群。

我添加了她，帮助她进入了几个留学英伦家长群。我说："你自己进群问一下，你孩子所在的学校有没有群。"

本以为，我与这位家长的联系，仅限于我为她搭建了一个寻找她孩子学校的家长群的桥梁，一个月后，我接到了一个微信通话。一看头像，是这位家长的。刚一接通，就听见对方急促的声音，语气非常急切，有点语无伦次。我仔细听，终于明白了。这位家长说她的孩子生病了，现在想找一位在英的中国医生给孩子看病。

我告诉她有一位马医生，是中国山东人，五十多岁。父母亲都是中医，他自己也是中医硕士，目前在英国行医。从这段时间他给我们的孩子送医送药的情况来看，人品不错，医德也很好。

我把马医生的微信名片转发给了这位家长，又把这位家长拉进了马医生的中药群。这位家长很感激，连声说谢谢。她说："我从昨天到现在都没有睡觉。"在与她交谈的这十几分钟里，分明能感觉到这位家长心绪的凌乱和焦虑。

四天过去了，不知道这个孩子现在怎么样。中午，我给这位家长发了一条信息，问："孩子好些吗？"这位家长回我说："谢谢您，马医生看了，有好转了。"我说："那就好，孩子没事，我们就心安了。"这位家长说："是的，我这几天每天都揪心得难受。"我说："可以想象，也可以理解。我也曾有过睡不着觉的时候，儿行千里母担忧啊。"这位家长说："哦，现在我还很揪心，还没完全好。"我说："没有那么快，只要情况向好就好。孩子不会有事的，你就放心吧。"这位家长说："谢谢您。"我说："别客气，多与马医生联系。"

谈起医药饮食，我想起了轩轩的健康，也想起了轩轩的红包。在给轩轩发的第四十五个红包上我特意提醒她："不要忘了外婆说的吃饭三宝。"

下午，在蔡会长的物资配送群，看见蔡会长发来的几个视频。他在伯明翰的物资站给谢菲的孩子们购买本周末要配送的生活物资。一直以来，我都很喜欢跟着蔡会长的脚步，看蔡会长在伯明翰和谢菲两地来回奔波的身影，听他用纯正的汉语讲解英国的市井民情，看他为我们介绍道路两旁的民宿官衙。这种亲临实景的英国实况直播，让远在国内的我们这些留学生家长，对英国的街市环境有了近距离的了解，也有了更直面的洞悉。

前些日子，在群里，我的视线跟随着蔡会长前往货物中心采办货物，听到蔡会长说，现在谢菲这边的超市物资很丰富，如果没有特殊情况，本周末将是他前往谢菲送货的最后一次了。

当时群里就有家长提出要求，希望蔡会长再辛苦一段时间，继续保持每周末为留学谢菲的孩子们配送一次生活物资，让孩子们不要为生活物资操心，安心完成学业。其实，蔡会长的考虑也不是没有道理。谢菲这边的中超货源充足，也实行上门送货。毕竟伯明翰离谢菲有百余公里的路程，蔡会长不仅跑得辛苦，而且奔波在外，身体倍感疲倦。

但是，蔡会长还是答应了家长们的要求。一直到现在，我们都可以看见蔡会长每周末坚持走在伯明翰与谢菲之间的路上。风景依旧，真情依旧。

看过一部长篇小说，是日本作家东野圭吾写的《解忧杂货店》。这本书讲述了在僻静街道旁的一家杂货店，只要写下烦恼投进店前门卷帘门的投信口，第二天就会在店后的牛奶箱里得到回答。因男友身患绝症，年轻女孩月兔在爱情与梦想间徘徊；松冈克郎为了音乐梦想离家漂泊，却在现实中寸步难行；少年浩介面临家庭巨变，挣扎在亲情与未来的迷茫中……他们都将困惑投进了杂货店。接下来，奇妙的事情不断发生。

在东野圭吾的小说里，有一个为人解忧的杂货铺，还有个深夜为人写回信的浪矢爷爷。这个杂货铺，有许多神奇的故事。而在现实中的英国，也有许多为我们的孩子排忧解难的人。他们是在孩子们的身体发出红灯信号的时候，为孩子们送医送药，为孩子们解除病痛的马医生们；在孩子们困于一室，物资短缺的时候，一路驱驰，为孩子们送来米面菜油，送来温饱的蔡会长们……在英国，正是因为有了很多像马医生、蔡会长这样的"浪矢爷爷"，我们留学在英国的孩子们，才能够拥有许多可以为之解除各种困难的"杂货铺"；而我们这些远在国内的留学生家长，也有了一个可以倾诉烦恼，可以解除内心担忧的"杂货铺"。

谢菲尔德大学图书馆与饮食生活

几天来，见轩轩说话很少，就问她在忙什么。轩轩说："想利用这段时间多看看书。"轩轩特别强调："是电子书。"对于这一点，我是很赞赏的。与其日日在这个世界上行走，倒不如静下心来，看看想看的书，让文字的沉静洗濯尘世的浮华。我在给轩轩发的第四十九个红包上面写着："沉下心来多看书。"

想看书，当然是好事，尤其是可以去学校的图书馆。轩轩就读的谢菲尔德大学是世界百强名校。优秀的学校自然拥有优秀的图书馆，谢菲尔德大学的图书馆，是一座拥有强大硬件设施的图书馆。谢菲尔德大学图书馆荣获 2018 年杰出图书馆大奖。同时，谢菲尔德大学图书馆还是有名的"白玫瑰图书馆"之一。

我曾通过轩轩拍来的照片多次看过谢菲尔德大学图书馆，很漂亮，是一个造型与艺术结为一体的建筑传奇。外观呈晶体结构，阳光明媚时，如钻石般闪耀；夜色深沉时，如沉静在宝石蓝里的一块美玉。静静地，在英伦半岛散发着它的贵气。

如此有魅力的图书馆，轩轩当然是不能错过的。自开学以来，轩轩就经常开着视频让我跟她一起走进这座艺术与文化融为一体的图书馆。

轩轩喜欢偏安一隅，一桌一椅一台电脑，身边是错落有致的图书，廊道里是轻声慢步的同学们。在这里，轩轩与一位来自中东的女生莞尔一笑，比邻而坐。阔大而明亮的玻璃外墙，众多优质而丰富的图书就这样静静地沐浴在英伦半岛温暖的阳光下。

轩轩说："学校教师资源优质，教学设备先进，还有各种教室、演讲厅、研讨室，再加上图书馆、咖啡馆等公共空间，为同学们提供了更多的学习机会。"

我说："珍惜眼前的机会，多看看书。"

轩轩说："那是当然的，这么好的资源，怎么着也要用上的。"

时间在谢菲尔德大学图书馆明亮的窗玻璃上流转，从白昼走到了黄昏。我不敢打搅轩轩，打扰轩轩身边的那位中东女孩，悄悄退出了轩轩的微信连线。

第二天一早，看见轩轩发来了一张图片，她在煮饺子。饺子煮得稀烂，一点也不成形。之后，她在朋友圈里发图文，说很生气很生气很生气很生气……一堆的很生气。

我问她："为什么会这样？"轩轩说："锅底的保护层好像没有了，现在别说炒菜，就是煮东西，都很粘锅。饺子皮全破了，没有一点饺子的样子。"

说着这话，轩轩还是气不打一处来，无奈地面对着这一锅散了皮儿的饺子。我说："皮儿不好吃了，就吃里面的馅吧。如果这口锅实在不好用，就叫中超送一口新的锅来，总还得要吃饭、吃菜啊。"

不承想，轩轩说："还可以用，再看情况吧。"平日里，轩轩很节省。可是，衣食住行方面的生活用品，是必须具备的啊。电饭煲可以煮饭，但总不能光吃饭不吃菜吧。但是轩轩坚决不想再买，不知道她接下来该怎么吃菜了。

凌晨 4 点，轩轩又发来了几张照片，从不同角度拍摄了一碗腐竹炖肉。薄薄的肉片与柔软的腐竹一同躺在八角茴香的汁液中，色泽很是浓烈，外加几粒尖尖的红辣椒，那一锅美味佳肴透过屏幕，诱惑了我的味蕾。最具特色的是轩轩还配了一个小视频，这些菜品齐聚在那口锅里，在酱香的汁液浸泡下，汩汩地冒着泡呢。顷刻，我便口中生津，液满唇齿。轩轩说："最后一点腐竹，终于吃完了。"我跟轩轩发了几个表情，为她点赞，同时发了一条赞语："色香味俱佳的美食。"看来，这口锅还真的如她所言，还可以一用。

　　说起腐竹，我一直以为，腐竹是用山上的毛竹制作出来的一种食材。虽然也曾怀疑过，这么硬的竹子怎能制作出如此嫩软的腐竹呢？但一想，竹笋不就是竹子的幼年，我们不也是一直都在吃吗。直到有一次，看见一位客家人在浸泡黄豆，问她准备做什么，她说"做腐竹"。这才明白，腐竹是用黄豆做的。

　　腐竹又称腐皮，是很受欢迎的一种客家传统食品，也是华人地区常见的食物原料，具有浓郁的豆香味，同时还有其他豆制品不具备的独特口感。腐竹色泽黄白，油光透亮，含有丰富的蛋白质及多种营养成分。近年来，人们吃腐竹的机会也越来越多。红烧，乱炖，配菜，都会用上那么一点。腐竹的价值，已经远远超越了黄豆本身。因为健康和营养的需求，人们用腐竹做出了越来越多富有创意的美食，并由此衍生出别具特色的腐竹文化。

　　这天下午，轩轩又发来了两张照片。一张是她正席地而坐，面前是四个装满水的矿泉水瓶。另一张是她的右手在给左手拍照。左手掌心大开，五指向上，大拇指和其余四指中间一上一下叠放了两只矿泉水瓶。轩轩说："我的简陋哑铃，三千克。"也就是说，轩轩正在以矿泉水瓶为器材，完成在训练馆里曾经做过的运动，举重训练臂力呢。可能是两只矿泉水瓶瓶身太大，不好拿捏，轩轩说："这个不行，举得虎口好痛。"轩轩发来了一个蒙脸的表情，说："重心变来变去，控制不住。"我说："这个举重方法很有创意，两瓶不行，就举一瓶吧。"

就这个有趣的运动项目，我在给轩轩发的第五十一个红包上面写着："精神文化与物质文化并举。"

母亲节的礼物

　　一早，我就被自家群里祝福信息的提示音喊醒了。翻阅信息，才发现群里很热闹。首先看见的是轩轩从英国发来的问候语："母亲节快乐！"

　　这才想起今天是 5 月的第二个星期天，是母亲节。

　　群里，弟媳对轩轩说："你的祝福最早。"轩轩说："那必须，掐点的。"弟媳说："真棒，谢谢。"在九江工作的大弟弟在群里送出了一大捧花，上面写着："母亲节快乐！"我呢，赶紧在群里发了一个红包，见者有份，共祝母亲节快乐！也给轩轩发了第五十个红包，上面写着："平心静气调理生活。"

　　这天，是南昌市初三语文调研摸底考试之后的阅卷日，阅卷小组通知所有科目的阅卷老师从早上 8 点开始，至下午 5 点之前结束阅卷。整个高新区数千学生的试卷啊，好在之前已经分配好了阅卷题型和阅卷小组人员。现在，大家各自按部就班，在家进入好分数网站，撸起袖子加油干。我被安排在作文小组，这个小组有七位老师。因为采取的是单评的形式，这样就节省了不少时间，每人分配到手的作文量不会太多，我的是三百二十四份。点开我的阅卷页，第一眼就感觉这些学生的字啊，难得见到几个养眼的，小蝌蚪一样的还算看得过去，那些歪瓜裂枣的，看了很久，还是不知所云，看得我自己云里雾里。直到下午4点，才完成阅卷任务。

长舒了一口气，伸了伸腰腿，端坐了一天，腰已酸背已痛，眼睛也胀疼得不行。昨日不慎，手机掉在地上，摔碎了屏保膜。于是，匆忙更衣出门，去街头店铺更换屏保膜。这一来一去，太阳也就落在了都市林立的高楼上了。站在落日余晖的阳台上，看着窗外绿野般的樟树林披上一层霞色，为自己的这个母亲节，就这样泡在试卷的作文堆里，而不乏懊恼。

轩轩的姐姐从外面回来，一进门就喊老妈。之后从客厅旋进了里屋，带着风，也带着香，手里一大捧花，格外漂亮。轩轩的姐姐说："老妈，我和老妹一起买了这束花，送给亲爱的老妈。祝老妈母亲节快乐！"

这是一捧很新鲜的花束。康乃馨簇拥着向日葵，在光影里流动着波光，闪烁着温馨。康乃馨是母亲花，向日葵象征着阳光和快乐。这束花，简单而有意蕴。两个孩子希望我这个妈妈天天快乐啊。轩轩在英国，当姐姐的就代替妹妹，完成了姐妹俩共同的心愿。轩轩的姐姐说："亲爱的妈妈，我们愿您每天开心，越来越年轻！"

人生最快乐的事情，莫过于在属于母亲的节日里，收到这束母亲花，收到孩子的祝福，看到两个孩子姐妹情深。所有劳累，已被这捧母亲节的鲜花消融了。

晚上，习惯性地看看留学生家长群。妈妈们不甘落后，在这个属于自己的节日里，发出了各种精美的表情，送出了自己衷心的祝福。更多的妈妈喜不自禁，晒出了自己留学在英国的孩子从万里之外送来的祝福和礼物。有的是一句温暖的话，有的是一首歌，更多的是一束束带着温度和愿景的康乃馨。

我们来看看母亲们收到的那些母亲节的礼物，还有收到祝福的母亲们的表现吧：

（1）满屏的母亲节鲜花，群里妈妈们节日好，祝群里的老母亲们节日快乐！（这是今天的主旋律）

（2）小棉袄唱了一首《世上只有妈妈好》，上面是其中一段，祝各位妈妈母亲节快乐！（这是动听而令人感动的声音）

（3）孩子一直留学英国，从网上买了鲜花快递过来，真的好感动！好贴心！（这是万里之外送来的祝福，当然感动了）

（5）孩子在英国，还没忘了奶奶，买来了花。真是个细心的孩子！（这是对奶奶的爱，这是奶奶带大的孩子）

（6）感恩生命里有了你，我才可以称之为"母亲"。感恩你逼我成长，让我理解了"母亲"的意义。不仅仅是孕育生命，更多的是承载和包容。祝妈妈们节日快乐！（这是有感悟、有思想的妈妈语录）

（7）字不是女儿写的，是女儿拜托花店工作人员写的。（呵呵，这是对女儿文字内容的褒奖啊）

（8）母亲们都幸福得流油，我今天也被感动了，各位父母们，你们今天就说说孩子的优点，多回忆幸福时刻，这一刻，我们跟我们的宝贝走得更近。（这是老母亲对远在异国他乡孩子的思念啊）

我们再来听听没有收到礼物或者是未来婆婆的母亲的声音吧：

（1）这些暖心的"小棉袄"，迟早也要成为我们这些婆婆的小棉袄。（这个未来的婆婆，正暗自得意着呢）

（2）你家"小棉袄"太贴心了，也快快把花分我一半吧。大家收到礼物了，让我情何以堪？（这是一位心存寄语的未来的婆婆啊）

（3）太羡慕家有"小棉袄"的了，被群里的宝妈宝爸及宝贝们甜到啦！（是的，我也温暖到甜心）

（4）男孩子不轻易表达，能说出一句感恩的话已很好，男孩是比较有大爱的。更何况男孩以后会带小棉袄一起回来孝敬父母公婆，1+1＞2。（呵呵，这是个会算数的婆婆吧，等着别人替你养个好媳妇呢）

（5）看到这么多"小棉袄"，还有别人家的"军大衣"送给妈妈的温情祝福，我的儿子只对我说"老母节日快乐"，心里也有点小感动的。（这个还是有些骄傲的，毕竟儿子问候啦）

（6）比起来"小棉袄"，我想静静。（这位妈妈此刻的心情大概有点坐过山车吧）

（7）我是羡慕嫉妒但不恨，"军大衣"们觉得天气热，不想给老母亲增温。（呵呵，这位母亲对儿子太了解了，所以如此说了）

最让我感动的是一位妈妈分享出来的她的孩子的一段话：

我们的老母亲们，关注国内动态，关注国际情形，关注全球航空售票信息，了解世界各国入境政策，了解国内政策，关注国家外交关系，分析留学生在外处境，关注全球经济，分析外汇走势……祝各位国际观察员节日快乐。（哈哈，这是把可爱的妈妈们当成了国际观察员来培养了吧）

这个母亲节，我们留学生家长群里的妈妈们都快乐了一天。无论是收到了礼物还是没有收到礼物，都洋溢着节日的快乐。礼物只是一种形式，内心的祝愿，才是最能感动人心的。我们的每一位妈妈，都曾是被保护着的小女孩。女本柔弱，为母则刚。因为孩子留学英国，才走到了一起。为了孩子，我们的妈妈们变得无所不能，无所畏惧。愿我们的孩子学有所成，愿孩子们早日归来，还我们这些妈妈以温柔的女儿美，可爱的女儿情。

来日方长，未来是可期的

　　今天是周日。对带毕业班的我来说，周末的日子仅限于周日。时间走得很快，转眼就到了 5 月中旬。立夏之后的江南，阳光明媚，初夏变得炎热起来，超乎往年。一早，听见窗外细微的风声，夹杂着淅沥的雨拍打绿叶的声音，又看见窗玻璃上滑下了一条条水纹。暗自欣喜，可以有一个在雨中出行的凉爽天。却不料，一碗八宝粥还未吃完，天空就亮了起来。东方的天际，现出了一轮朝阳。

　　晴也罢，雨也罢，反正是要去父母家，顺便兜兜风，看看城市的风景。爱人开车，我坐车。走过艾溪湖大桥，穿行在都市的大街上。春天给这个城市留下的痕迹正在慢慢淡去，穿着夏装的人们已经完全徜徉在浓烈的夏风之中。

　　渐进市中心，发现八一大道宽了许多，原来是道路中间的隔离带撤了。绕行八一广场，八一起义纪念碑成了晴空下的远景，庄严肃穆。行车四十分钟，来到位于市中心老福山的父母家中。周末回娘家，看看父母，这是我们的常态。数日来，一直在家的弟弟弟媳也将于明天返回广西，开始他们自己的工作和生活。今天，也算是一次家庭小聚吧。

　　周末的家庭聚会当然是开心的，但是今天，尤为喜气。弟弟告诉我，昨天侄儿小橙子通过了研究生的面试，今天刚刚查出面试的结果，顺利通过了。

去年，轩轩漂洋过海到英伦半岛，在谢菲尔德大学读研究生。小橙子在国内日日夜夜泡在图书馆里，向着研究生的目标冲刺。其实，去年国内考研形势并不乐观，人数比往年多。三百多万考生竞争七十多万研究生指标，录取率大概百分之二十，竞争很激烈。能在众多的考生中崭露头角，实属不易。早在年节期间，在海南，我们就已经得知小橙子通过了笔试初试，进入复试的通知。我们一直鼓励小橙子好好考。母亲说，前些天小橙子去面试的时候，包括父亲、母亲在内的一家人都下了楼，到外面的超市和市场去走了走，给小橙子留下了一个安静的空间。今天，在网上就查到了面试成绩，那"合格"两个字，让人多么开心啊。

真是应了那句话，功夫不负有心人。这一路走来，小橙子吃过的苦、受过的累、流过的眼泪，在今天，都化为了笑容。

北京时间中午 1 点 38 分，正是英国的早晨 6 点 38 分，远在英国的轩轩醒了。在群里，看到了我们的祝福。在抢红包的过程中，轩轩的姐姐说："小橙子大骄傲！"轩轩第一时间说了两个字母："NB！"这两个字母既是对小橙子的赞扬，也是为这个同龄的小哥哥考取研究生发自内心的高兴。

弟媳说："妞，一觉醒来红包砸碗里了。"轩轩说："舅妈，这是大喜事。"弟媳说："哥哥和你，目前在我们家，是学历最高的。"轩轩说："以后，再读个博士。"弟媳说："那希望你俩共同努力。"小橙子说："Doctor Chen。"弟媳喊轩轩："妞，快翻译下，什么陈。"轩轩说："陈博。"弟媳开心地说："陈博士。"好啊，以后我们家要出两个博士，一个陈博士，一个余博士。

当然，弟媳的话是应个景。生活中的博士，不是单纯地指学位，而是一种期盼。有期盼，就会有希望。希望是一种愿景，也是对未来美好生活的厚望。两个孩子，一直是站在同一个起跑线上。一起读小学，一起上中学，一起读大学，现在，又一起读研究生。尽管他们一个在英国，一个在国内，专业不同，将来人生的路，也会因为各自的机遇和巧合而有所不同。但是，仅就今天的喜讯而言，这两个孩子在人生的跑道上，都跑出了自己的精彩。

华灯初上，小橙子背起了行囊，走在了返校的路上。他将在追求学业这条路上，开启自己的研究生新生活。而在遥远的英伦半岛，轩轩也正在日光下，完成着自己的硕士学业。

晚上，是我的晚自习。城市的夜晚，因为华灯的次第开放，夜幕并未黑沉。远近的灯光，一盏盏，在明暗之间，给夜晚归家的人，留下了沿途的光明。给学生解答完一些问题，喝了一口水。望着校园里闪烁在灯影里的几棵棕榈树，想起了远在英国的轩轩。我给轩轩发了一条短信，问她论文完成得怎么样了。

夜半，轩轩发来了一张照片，并配上文字："自制的清炒豌豆、鸡蛋煎饼和牛肉炒粉。"我笑了，无论在什么情况下，轩轩总能将自己的学习和饮食生活调理得有滋有味，这是对自己的学业、对健康身体的尊重。

为了让轩轩更直观地看见我值夜班的情景，我随手拍了一个教室里的小视频，发给轩轩看。视频里，学生们安安静静地在做作业，即便是讨论问题，也是悄声细语，生怕打扰了身边的同学。轩轩说："想回到高中。"

在孩子的成长过程中，谁又能预知会遇到什么样的风浪呢？孩子终究是会从十岁走到二十岁，终究会面对人生的各种考试。我告诉轩轩，这些学生还只是十多岁的孩子，还有不到两个月的时间，他们就要面对人生的一次大考。等他们成年了，也要走出去经历风雨的。轩轩也即将面临硕士学期末的考试，独自一人在英国求学，需要的不仅是毅力，更需要能够安静求学的心态。

5月马上就要走到中旬，6月指日可待。轩轩和留学的孩子们一起，即将迎来他们硕士学业的毕业考试季。也许这个时候，轩轩不愿意动摇自己的初心，不想因为生活上的动荡影响自己的心情。想到这里，我很快写下了一句话发给了轩轩："气定神凝面对生活。"随即，发给了轩轩第五十九个红包，并写着："静下心来全面复习。"

　　因为，来日方长，未来是可期的。

泼水给窗帘降温吧

这段时间除了完成学校的教学工作，就是关注轩轩的事情，很少静得下心来。从昨天开始，心情有些平复。适逢周末，我终于得了些空闲。

英国早在4月底就实行了夏令时，伦敦时间的正午，也是北京时间的19点。当我们漫步在夕阳的余晖中，看绯红的晚霞在艾溪湖的水波里荡漾成一片碎金的时候，轩轩的公寓正是夏日里阳光最灼热的时候。

前几天，轩轩说："因为房间四周建筑物的原因，上午太阳难得关照。过了正午，阳光开始惦记这幢公寓。现在是下午，阳光开始热情起来了。"

轩轩发了一张照片给我看，说她的公寓现在正在经历升温。照片是站在进门处拍的。那一排曾经在寒冷的冬日给轩轩带来很多温暖的玻璃窗，此刻被那块灰色的窗帘遮蔽得严严实实。阳光像是一个调皮的孩子，在窗帘的褶皱里跳来跳去，带着光晕，携着热度。狭窄的公寓，因为封闭了门窗，光的影子很得势，似流动的金波，正沿着窗棂一泻而下。

轩轩说："现在温度越来越高了。"我说："怎么个高法？"轩轩又发来了一张照片。还是站在进门处，公寓的空间尽收眼底。那排灰色的窗帘被轩轩拉开了，露出了那面窗玻璃。原本明亮的窗玻璃正被一片强光笼罩，分不清哪是玻璃，哪是窗帘。窗外的所有，都淹没在这片刺目的日光里。

轩轩说："热得很。"我似乎能够感受得到轩轩公寓里的热，不由得冒出了许多汗。看着那一排曾经让许多留学生的家长都羡慕不已的大玻璃窗，我有些无奈。记得有一位留学生的家长给了我一个建议，买一排可以遮光遮紫外线的窗帘。今天想起来了，就跟轩轩提起这件事。轩轩还是那句话："马上就要毕业了，还整那个干什么。"

可是，眼前的日子还得过啊。想来想去，眼前忽然一亮。我说："你去舀一瓢水，往窗帘上泼。一瓢不够，就两瓢。两瓢不够，就三瓢。一直这样泼水，让窗帘保持湿润，滴一点水在地上也没有关系。"

轩轩发来一个吃惊的表情："这样也可以？"我说："可以试试。"

从昨天到今天，轩轩没有说热的话题了，不知道是不是用了我的泼水降温法，又或者是遇上了英国的阴雨天。英国是个岛国，英吉利海峡与欧洲大陆遥遥相望。因为四周都是海水，空气湿度大，水汽也重，连绵的湿气在英伦半岛上聚集沉淀，形成浓厚的雾。所以，自古以来，伦敦素有"雾都"之称。

虽然从纬度上来看，英伦半岛相当于我们中国的哈尔滨，真正的夏季，是远没有长江中下游热的。但是，我还是心存愿景。希望这个经常被雨水和海水光顾的岛国，能够在这个夏季，多一些细雨，少一些暴晒；多一些云雾，少一些灼热。给像轩轩一样的留学孩子们，多一些清凉，多一些呵护。

第二天下午，我问轩轩："还热不？"轩轩说："不热，开始下雨了。"我说："是不是因为我昨天的祈祷，感动了上帝，所以今天就凉快了呢？"我告诉轩轩，留学生家长群里有几位家长提出了很好的建议。一个是多冻几个大冰块，放在屋内，可以降点温；还有一个建议是网购一个小电风扇，也可以降温。

轩轩很快发来了一个微笑的表情，说可以试试。

时近傍晚，我问轩轩："吃饭了吗？"轩轩给我发来了一张照片。三个碗，一个挨着一个。看得出来一个是豆芽菜，一个似乎是豆腐，还有一个看不出来，我以为是豆腐汤。我说："你这是豆制品大聚会啊。"轩轩说："这三道菜你只说对了一个豆芽菜，另两个是白切鸡和蛋花汤。"

细细看来，制作得有些粗糙，没有原来的精细。感觉轩轩现在对于伙食的色香味上下的功夫不如从前，也许是写论文紧张的原因吧。临近毕业，孩子们忙啊。留学群里，家长们都在唠叨，孩子与他们的交流少了，甚至连回家的机票都不愿意谈。

孩子们现在谈及最多的问题就是如何完成论文；家长群里现在谈及最多的话题是怎么回家。虽然孩子和家长的谈话点不在一个频道上，但最终的愿望还是一样的，都希望孩子们学有所成，早日返家。

我们遇到和孩子们不在一个频道上的时候，不如换个思路，换个方式，总可以找到解决问题的方法。

在给轩轩发的第六十三个红包上面我写着："吃好睡好身体好。"在英国，轩轩生活的环境有不足之处。既然如此，如果再心存忧虑，吃不好，睡不好，怎能让自己有力量去面对即将到来的审查严格的毕业论文季？

学期末的第一场考试

昨晚，和轩轩聊天儿。我问轩轩："今天要干啥？"轩轩说："明天考试，考经济评估。吃得没怎么用心，就是一点普通的面食。"怪不得，这两天就看见轩轩吃面，菜谱也很简单。轩轩说："基本上是新世界的大门，尽是啥增量成本、边际成本、机会成本，还有啥 CEA、CUA、CBA。专业性很强，要花时间。"

我说："没事的，你一定可以！"我特别在后面加了个"加油"的表情，以示鼓励。

英伦半岛的夏令时比北京时间晚大约七个小时。我们工作了半日，时间已经走过了正午，轩轩才醒。但今天与往日不同，半天也没有听到轩轩的声音。

我问轩轩："怎么了，没睡好？"轩轩说："要考试了，拜拜。"

哦，是的，昨晚上轩轩说今天要考试的。我立刻发了一个"加油"的表情，赶紧断了与轩轩的微信连线。心里有点忐忑，有点担心。轩轩赴英留学这段时间，生活学习完全靠自己。记得我在海南的时候，曾远程给在南昌的学生们上了四节课。当时的感觉，这种网课较之于三尺讲台上的授课，似乎要差一些。上课要有氛围，如此远距离上课，年龄大一点的学生还能自律，对于年幼的孩子们来说，如果没有家长的管束，那是坐不住的。

今天是轩轩的学业考试日，我不敢打扰，生怕惊扰了轩轩。只是一遍又一遍地看着手机，看着轩轩的微信头像，等待着轩轩给我发消息。

到了晚上，北京时间10点左右，轩轩终于发来了一张照片，好几道菜，还挺丰盛的。轩轩说："考完试了，现在和同学一起吃饭。"看轩轩挺轻松的，我有些欣喜。说："考完了，好快哦。"看见轩轩对面坐了一位女孩，我问道："你们这是在哪，就你们两个人吃饭？这菜是叫的外卖吧。"轩轩说："四个人，我们一个班的，一批考。"

我说："你们住在一个公寓楼？"轩轩说："没，我到他们这边来的。"我说："哦，你一个人过来的。远不？"轩轩说："不远，五分钟。"虽然轩轩说不远，但我的心里还是怦怦猛跳了几下。毕竟轩轩是个女孩子，而且是一个人外出。远在英国，总是让人不放心啊。

我担心地说："回去要她们送一下吧，怕不安全。"轩轩却很坚定地说："不，英国很安全。"

我说："那好吧，你不要好晚。"轩轩说："我准备回家了。"我说："你路上小心点，到家发个微信。"

轩轩打开手机，一路跟我视频，走在回公寓的路上了。谢菲的街道已是华灯初绽，楼宇矗立在绯红的晚霞中，四周很是宁静。虽然看不见轩轩的脸，但我能听得到轩轩走路的脚步声，听得到轩轩轻声哼唱的悠扬的英格兰小调。

走过一个街区，轩轩说："老妈，手机快没电了，我先关了。"还没等我回话，相隔千山万水的视频连线就断了。

过了十分钟，我给轩轩发了个微信："到家了没？"轩轩没有回我。又过了几分钟，我再次问道："回家了吗？"还是没有看见轩轩回我，心里有点着急。想到轩轩说只有五分钟的路程，那无论如何也该到了啊。

于是我第三次给轩轩发了信息："到家了吗？"这次轩轩回了我："到了，在拉臭臭呢。"

我松了一口气，说："怎么那么长时间？"轩轩说："出门买了点菜。"

忽然想到，现在伯明翰的蔡会长已经不再送生活物资了，所有生活用品，都是在谢菲这边买的。碰到合适的时间，买点菜也是必需的。只是购物也要看时间啊，总是要白天去才好。于是叮嘱轩轩，以后去买菜最好白天去，不要黑灯瞎火的时候去。独自一人在他乡生活不容易，购买生活用品，最好是白天去，要学会保护自己。

到了夜半，轩轩发来一张照片，是一个高高的卡通纸筒杯，纸筒杯的顶上有一根彩虹吸管。轩轩有点得意地说："这大夏天的，我和同学都订了奶茶。嘿嘿！"我说："挺好的。"

我问轩轩："奶茶啥味？和国内一样吗？"轩轩吸了口奶茶说："老妈，你没看见这上面的卡通图案？外包装有点不一样哦。至于味道，这就要看你喜欢什么味道的。奶茶有很多种，品种不同，味道自然就不一样了。"

我说："奶茶这玩意儿好像不怎么好，毕竟有许多添加物，偶尔喝一回，倒也没有什么关系。饮食有品质，各方面营养还是需要的。"轩轩说："老妈，你又多想了。我都很久没有和同学们一起聚餐了，今天考完了试，我们的同班同学都高兴，才聚在一起的。"

"行啊，那还是少喝为好，多喝点对身体有益的饮料。"没等轩轩回我，我接着说："是不是资金紧张了，我给你发个红包吧。"一分钟后，我发给轩轩第六十六个红包，写着："珍爱生命、健康饮食。"

真想漂洋过海来守护你

惦记着轩轩昨天发给我看的那张照片。她因为考试，没时间做饭，叫了外卖。几道菜，颜色都是红红的，四个女孩围在一起吃饭。我总感觉哪里有些不对，想了一晚上，似乎想明白了。我给轩轩发了第六十七个红包，上面写着："多吃蔬菜水果，维生素高。"

从早晨 7 点 30 分开始上早读，整个早晨和上午，我都在上课、改作业、搜集整理校报校刊的资料。差不多 12 点，我走出了教室。放下教材，洗洗手，朝学校食堂二楼走去。因为上第四节课，来得晚了，原本有五个菜的菜盘子只剩下没得挑选的豆芽、芹菜和几片黑木耳。用勺子在汤桶里搅了一下，见底的清汤寡水，不起波纹。有些扫兴，胡乱吃了几口，收拾了碗筷，不知道是什么口味。每天正午有一种水果，虽然不是极品，但终究还是可以吃的。有时候是苹果，有时候是香蕉。今天是酥梨，外皮不是特别光鲜，但洗洗削皮之后，口感还是挺酥嫩的，总算弥补了这个中餐给我带来的遗憾。

北京时间过了正午，英国的天空亮了。轩轩醒了，接了我的红包。我说："看你们昨天吃的，有点辣吧？"轩轩似乎还余味悠长，说："是的，不过好吃。"

我说："肚子痛不？上次不是因为辣椒吃多了，肚子痛了一回？"

轩轩说："不痛。我没怎么吃辣的，那桌上唯一的一盘蔬菜就是我点的。"我说："看见满桌都是红红的，辣椒油太多。还是要多吃蔬菜水果，补充维生素才好。"

时间已经走到了 5 月末，还有几天，就是 6 月了，距离提交论文的时间也越来越近了。我问轩轩："论文完成得怎样了？"轩轩说："差不多了，还有一个尾巴。不过，还要修改。"我说："那就好。看你的视频，好像街上的英国人不多啊。"轩轩肯定地说："有，他们喜欢穿短裤短袖，在外面活动着呢。"我问："多不？是英国人还是留学生？"轩轩说："是英国人。"我说："英国没那么热，不过，英国人喜欢走在季节的前面。"

轩轩说："今天太阳好，在洗被子。"记得轩轩说过，这栋公寓楼里是有洗衣机的，在大厅里，是公用的。用的人多了，又没有清洗，现在基本上都不用这台洗衣机了，这台洗衣机也就一直孤零零地待在大厅里了。轩轩洗衣洗被罩，都是自己手洗。学生公寓，那是多大一点儿的地方啊。小小的水池，怎能容得下那么大的被罩呢？人单力薄的轩轩，又怎么揉得动那么重的一床被罩呢？

晚上，点开了留学生家长群，看到了群里一位妈妈说，她女儿租住的公寓，是一套四居室，另外三个是国际生。这几天，那三个国际生陆续回国了。如今，这套四居室里就只剩下这位妈妈的女儿——一个中国留学生了。这位妈妈流着泪说，很担心女儿，一个人住在这么大的屋子里，连个伴都没有，孤单不说，最担心的是她的安全。

我的心里咯噔一下，轩轩住的公寓该不会是这样吧？我赶紧发微信给轩轩："你这栋楼现在住的人多吗？"轩轩说："还好，挺多的。"轩轩说的还好，是什么意思？也就是说，有的人已经回去了，有的人还留守在这里。人虽然不多，但终归不是轩轩一个人住在这栋大楼里。于是，我的心慢慢地放下来。我说："那就好。"话虽如此，终究还是放不下心来。夜半时分，我常毫无睡意，在客厅里走来走去。想到轩轩独自一人远出国门，一粥一饭、一丝一缕都得自己张罗，有个头疼脑热的也只能自己照顾自己，心里真的很酸楚。仰望天空，见一缕清风摇曳树梢，一轮明月挂在中天。如果可以，请清风明月捎上我，一起漂洋过海，去英伦半岛守护轩轩。

这天下午，在留学生家长群里，看到了一位留学生的爸爸发出来的一段话。他说这是他的一位朋友写的。他觉得这段话写得特别好，就把这段话分享给了我们。这段话是这样说的：

我们的这群留学生是十几、二十岁的孩子，他们的父亲、母亲也不是什么土豪，只是有一点教育情怀的中国普通家长。他们没有把孩子搂在怀里，为了自己的天伦之乐。而是倾其所有，也要给孩子一个看世界的机会。这些孩子并没有世人眼里的风光，他们背负着父母的使命，接受异国文化的教育，把东方人的脸孔展现给世界。他们中的大多数人还是会回来的，他们将利用自己的所学建设我们的国家。将来，他们一定会成为推进我国现代化建设的中坚力量。

这话说得真好，反映了当今海外留学生的真实情况。谢菲留学生群里的家长们与这位家长并不相识，但此刻，群里的家长们纷纷为这位家长点赞，一长串的掌声和红花挂满了群。

目前，在海外的中国留学生和海外华人大概有七百万人，仅英伦半岛的留学生就有二十多万人，这是一个社会性的群体。如此数量的海外留学生，他们并不是像我们的网友所说的那样，都是富二代、官二代，都是有钱人，他们中的很多人，都是来自我们中国的普通人家。

这些普通人家的留学生，他们的父母大多是工薪阶层。而且，他们的孩子一般在国内读完了本科，然后去海外读一年硕士或者是三年的博士。父母们拿着每月几千元的工资，节衣缩食，坚持要送孩子去海外留学，无怨地交着一年数十万元的高额学费，只是为了让孩子能够走出国门，更全面地了解国外的知识文化，在学习中领会异国的文化传统，丰富自己的认知，增添人生的阅历。

我们的留学生们，在异国他乡，要完成学业，还要克服来自异国的种种困难，包括文化的差异、生活的磨难等。但我们的留学生们却能够坦然面对，在与人交往的过程中，潜移默化地将东方的文化带到了异国他乡，在文化的传播和交流上，起了一定的促进作用。

随着毕业季的到来，在"金钱"与"生命"的抉择中，很多家长还是选择了高价的机票。一位家长说，预订了机票以后，孩子说好贵。这位家长这样跟孩子说，孩子，妈妈就是卖房子也要给你买一张让你回家的机票。当天晚上，这位妈妈跟孩子视频，看见孩子正在轻松地唱着歌。这位妈妈说，孩子是心疼我们，哪有不想回家的啊。其他没有买票的家长，仍然处在观望之中。问及为何不给孩子抢一张回家的机票，他们说，等到毕业季的高峰过了，价格自然而然就会降下来的。这些家长说，还是再等等吧。

这是一种无奈的期盼。在期盼的背后，可以听到很多留学生家长的叹息。这都是囊中羞涩惹的祸啊。为父母者，要站在孩子的角度，给孩子以生活上的驰援，学业上的支持，还有精神上的鼓励。创设情境，与孩子同处于英伦半岛，共渡难关才是。孩子的心情好了，即便是身处斗室，也是无限春光。想到这里，我在给轩轩发的第六十八个红包上面写着："以乐观心态面对生活。"

英国的天气越来越热了

　　一早，看见了轩轩发来的几张照片，照片的背景好像是在一个公园。已是夏季的公园，林木芬芳，草木茂盛。印象最深的，还是那蓝天和白云。那是蓝水晶一样的蓝，纤尘不染的白。蓝与白，相互映衬，通透明朗。

　　轩轩还发来了视频共享。点开视频，是个不知名的公园。随镜头环视这个公园，面前是一片草地，远处是一片林木，绿意盎然。谢菲还是那样安静，安静得只剩下鸟儿在茂密的林间鸣叫。

　　正惊异于公园人迹甚少，见一个学生模样的人，穿着短衣短裤的夏装，从一栋红砖楼房的后面闪了出来，沿着林间的小径，小跑着前行。那件明亮的白色短袖衬衣，在绿色的夏日里显得格外清新。很快，这个年轻人就消失在绿色的林子里了。

　　我说："公园里的人看起来很少。"轩轩说："英国人口本就不多，天气热了，英国人都是短衣短裤，大多是出门休闲跑步的。"我说："谢菲很美。"轩轩说："这只是冰山一角。"我说："等以后有机会，我想去看看你读书的学校。"轩轩说："最好是在我们毕业的时候，来参加我们的硕士毕业典礼。"我说："这是个好主意。"

　　忙忙碌碌的一个上午过去了，吃完中饭，我点开轩轩的微信，看见轩轩发来的一张照片，英国天亮了，轩轩也醒了。

轩轩说，英国的夏天到了，她住的房子一到下午就热起来了。还有两个多月，如果就是这样一直下去，还不热得难受？忽然想到，不是有很多留学生都回家了吗，这就是说，在谢菲，现在有很多空着的公寓。可是，按照英国的法律，是不允许转租的。3月里，在留学生家长群里就看见一个留学生因为租住了回国同学转租的公寓，被赶出来了，夜半流落在街头的消息。

所以，我尝试着问轩轩："在英国，可不可以换间屋子租住？"

轩轩却说："不必了，老妈你就让我好好锻炼一下吧。就是热一点，开个电风扇，也还是可以扛过去的。"

正午时分，轩轩开着视频，在电饭锅的水汽里感觉人模模糊糊的，一边跟我说话，一边做着她的午餐。只见轩轩从冰箱里拿出了几根长条形的绿色蔬菜，在我眼前晃了一下，问我："老妈看看这是什么。"我说："是竹笋吧。"轩轩说："是哦，好久没吃了，今天尝尝鲜。"又见轩轩从冰箱里拿出了几块鸡肉，在那块白色的砧板上切成一端相连、一端切开的条状，很快就放进锅里煎炒了起来。只一会儿，一个餐盘就出现在我的眼前：一根玉米，一个鸡蛋，几段竹笋，两块鸡肉。

我很开心，夸赞轩轩："这个午餐营养很丰富。"轩轩看着我说："老妈，你有没有感觉骨质疏松？如果有，要多吃钙片，还要补补人体所需的磷。人到了五十岁，最容易缺失这些元素。还有啊，老妈你要多出去走走，活动活动身体。这样也可以增加身体里的微量元素。"

轩轩独自一人，在英伦半岛不仅要完成自己的学业，还要照顾好自己的生活，本就不易，却还要惦记着我这个远在国内的老妈，真的让我很感动。想想这一年半，轩轩在生活能力和处理问题的能力上，增长很快，果真应验了那一句：艰苦的环境是能锻炼人的。但漫长的过程，多少还是让人感到心疼的。轩轩说："现在外面的天空，就像她制作的营养午餐一样，又很热情了。我在给轩轩发的第六十九个红包上面写着："冻冰块用电风扇可以降温。"

轩轩和许多留学生一样，在目前紧张的学业中，也会用自己的方式来关心我们。自轩轩到英国留学以来，每天下班回到家，我都在忙着给轩轩留言，和轩轩视频或语音聊天儿。轩轩似乎总能看见我坐的时间远超运动的时间，就从英伦半岛发回来一个网红版玫香广场舞《酒醉的蝴蝶》的视频。轩轩说："老妈，这个广场舞好听又好学。"

我点开来看，这是一段国人跳的广场舞，舞曲也是中国风。领舞的人是个年轻的女子，身姿轻盈，舞姿优美。三十二步教学步态，步步清晰，环环相扣，音乐和舞美兼而有之。我觉得奇怪，轩轩在英伦半岛，怎么对中国的广场舞这么了解？想来，只有对故土保有热爱，才会有在海外听故国乐曲的情感。

轩轩说："老妈，你每天跟着练习一下。"我说："好，老妈有空就来练。"轩轩说："老妈你要多动动。夏天来了，记得出去跳广场舞。运动不足，容易有慢性病的危险因素。等你再长点年纪，就不得了了哦。"

呵呵，轩轩真是贴心。现在正是学业结束季，多少功课在等着她去完成。这半年，课堂学习，在图书馆整理资料，完成老师布置的各种作业，还要完成课题论文，轩轩忙得都没有时间和我们多说一句话，不惦记着自身有难处的生活，反倒操心着我的运动力度，真的是很暖心。

其实，轩轩说的没错。作为一名中学语文教师，在最基层的一线教学，还要兼顾学校的校报校刊工作，每天都是早出晚归，像一把拉满的弓。箭在弦上，也不知发了多少回。每天在三尺讲台和学校的宣传工作之间忙忙碌碌，高强度的工作量，似乎忘却了自己的年龄，忘却了自己该有的生活。教书，做报刊，成了我生活中的第一要务。

轩轩虽远在英伦，却洞察明晰。她以自己最直接的方式告诉了我：在什么年龄该做什么事。

中国书法英国公开课

　　自从轩轩留学英国，我的心里就住进了一头鹿妈妈，在无边的丛林里，遥望着自己的小鹿，千方百计地为自己也为自己的小鹿找寻一个可以栖息的心灵之地。只要有一个有关留学生信息群出现，不管三七二十一，就加入进去，期望从中得到更多的信息，更好地帮助留学在英国的轩轩。

　　无意之间，我就这样加了二十多个群。随着时间流逝，英国进入了5月的最后一天。作为留学生家长，距离千山万水，每天伴随着轩轩，彼此温暖，度过了百余天，一颗焦灼不安的心也渐渐地平息了下来。在牵牵挂挂的考验下，也敢于面对英国的故事了。那些之前加入的各种群，也渐渐地被我遗忘在微信群的最下面，或者是删掉了。

　　今天是周末，难得一个不上班的日子。在家摆弄手机的时候，忽然界面上跃出了一个群：中国书法英国公开课群。

　　这是曾被我沉入微信群的最下面的一个群。也许是今天心情好，我点开了这个群。多日来，一直出没在众多留学生家长群里，留学生家长们所谈所议之事，都是孩子的生活与学习、健康与医疗。这些内容，成了我阅读的主流。看到这个群的主题是"中国书法英国公开课群"，这才意识到，这两个多月，自己似乎忘记了生活的丰富多彩。事实上，在这个世界，除了学习和健康，生活里还应该有艺术、文学、书法、读书、旅游……还有愉悦自己内心的生活情趣。

"中国书法英国公开课群"是由谢菲尔德学联转推的一个公益性质的活动。主讲人是杨利，现为青岛科技大学艺术学院教师、英国谢菲尔德大学访问学者、中国楹联学会会员、中国硬笔书法协会会员。

中国书法公益课于 5 月 8 日开始，计划 6 月 10 日结束。上课的时间为英国时间上午 10 点，即北京时间凌晨 3 点左右。身居国内，因为有时差，可以第二天回看课程。

我点开了群里最新的一个书法群。杨老师正在教大家如何写好"中"字。这个字的间架结构看起来很简单，但写好不容易。平日里自己写起来也是一笔长一笔短，尤其是字的框架也是信笔涂来，没有什么章法。

杨老师边示范，边解说。老师说，要注意三个搭肩处的笔锋。杨老师特别强调那中间的一竖："这一竖要斜一点，往下的时候，一定不能重，要轻轻地抬起来。"

细细地看了几遍，仿佛一股清流从山林间汩汩而下，内心顿觉神清气爽。轻松的氛围，娓娓的语言，专业的指导，精妙的笔法，这哪是面对远在英国的留学生开设的课程，分明是在"明月松间照，清泉石上流"的林间为我们传授经典。兜兜转转，每日在担心思念之中，总是感觉忐忑不安。却浑然不知，在自己的身边，就有一处这样的"清雅之地"。不仅可以让你放松心情，还可以让你忘却烦恼，沉浸在笔墨的香气里。

在讲完第一个阶段之后，杨老师说将要按照《黄庭经》书写顺序，单字精讲。杨老师介绍说，所谓黄庭经，指的是上有黄庭，下有关元，前有幽阙，后有命门，嘘吸庐外，出入丹田。审能行之可长存，黄庭中人衣朱衣，关门壮龠盖两扉，幽阙侠之高魏魏，丹田之中精气微，玉池清水上生肥……

对于书法门外汉的我来说，感觉杨老师说得很深奥，也许这就是人们所说的那样，内行人看门道，外行人看热闹吧。

但不管怎么说，在这样一个非常时期，与其每天把自己闭塞在一个狭小的空间里，看留学生家长群里各种满天飞的消息，还不如看看杨老师的书法讲习。每天三个字，既可以让自己学习中国汉字的笔画间架，让字写得养眼一点，又可以让自己心平气和，在传统文化的氛围中，了解中国书法的历史，感受中国书法的精髓。何乐而不为呢？

因为觉得十分有益处，又给轩轩发了个短信，告诉轩轩我的第一节中国书法课的收获。我对轩轩说，有空也可以看看，练习一下也挺好的。轩轩说："现在很忙，在考试，还要写论文。下个月的这个时候就有空了。"

想想也是，现在正是考试季，应当以学业为重。我在给轩轩发的第七十个红包上面写着："从书法中体会静心养气。"

儿童节里话儿童

周末到父母家，陪父母聊天儿吃饭，欣赏母亲在阳台上开辟的小园子，看那些红的海棠花，绿的小葱，白的辣椒花，紫的苋菜和尚在孕育之中的小桂花树。无意间，在阳台上，看见了一件白色的绵绸小花睡衣，搭在一只椅子的背上。花色蓝白相间，星星点缀，素雅宁静，像极了鸢尾花。

母亲说："那天翻东西检查出来了一个包，都是原来房东留下来的小孩子的旧衣裤。棉质的，扔了可惜，不如用来做抹布，用完了就不要了。"

我漫不经心地看了一眼这件小睡花衣。衣服很小，四五岁孩子穿的。也许是有些年份了，皱巴巴的。觉得有点眼熟，似乎在哪里见过这件小睡花衣。大脑在时光里迅速倒流检索。五年，十年，十五年，二十年……我想到了那个庐山脚下的地质大院。大概在二十年前，我们曾居住过那栋楼房，还有那间轩轩童年住过的屋子。

是的，这件小花睡衣，是孩童时期的轩轩在夏季里穿的睡衣。在那间屋子里，有一台踏板缝纫机。这件小睡衣，是我从沙河街上买回了布料，自己裁剪后，在这个缝纫机前，一针一线踩出来的。

母亲把那一大包衣服都找了出来，我一件件地翻看。果然，除了轩轩的小衣裙，还有侄儿小橙子的小衣裤。两个孩子一般大，衣裤的大小也差不多，只是男孩女孩在服饰的色彩和款式上存在差异。每一件都是一段童年的记忆，每一件都有一个童年的故事。

那件黄色的小上衣，轩轩一直喜欢穿。不仅仅因为它柔软的棉质，还因为它的色彩，很温和的色系。轩轩穿着这件衣服，和侄儿一起，从幼儿园小班走进幼儿园大班。两个孩子唱歌跳舞做游戏，骑着四个轮子的小自行车。在一群小朋友中，别提有多精神。

还有那件绿色的小背带裙，这是目前轩轩留下来的最小的一条裙子。之前的轩轩，基本上都是穿衣着裤，加上开朗的性格，一直给人小男孩的感觉。穿上了裙子，就有了女孩子的味道。但嘻嘻哈哈的性子，还是一如往常，还是那样活泼。

我告诉母亲："这几件衣物不是房东留下来的，而是轩轩和小橙子小时候穿的。"母亲一笑，说："看我这记性，还以为是房东留下来的呢。真是老了。"

母亲已是八十五岁高龄的老人了，其实母亲的记忆还是很好的。譬如我们之前在沙河街居住的几十年间，单位邻居，老人孩子，家长里短……母亲都能一一述说，且绘声绘色，记性好着呢。其中的一些人事，我都不太记得了。

我说："老妈你记性真好，还年轻着呢。瞧，故事讲得多好啊。"母亲笑得更开怀了，连声说："老啦！老啦！记性不好啦！"

今天是六一国际儿童节，是孩子们的节日。我给轩轩发了第七十一个红包，上面写着："六一儿童节快乐！"再把这几张衣裤的图片发给了轩轩，想看看轩轩是什么表情。果然，轩轩有些看不懂，问我："啥东西啊？"我说："今天是儿童节，猜猜这是谁的衣裤？"轩轩说："我不过儿童节了，这是谁的小衣服？"

这也难怪轩轩不认识。这是轩轩在庐山脚下的 916 地质大院里穿的

127

衣服，那时才多大啊。我说："是你的。"轩轩说："这么可爱，几岁穿的？"我说："大概三四岁。这个周末，我在外婆家看到的，外婆差点当抹布用了。这还是2003年我们到南昌的时候，从916地质大院带来的。"

轩轩说："好东西啊，留着留着，都留着。怎么都黄黄的？应该有我的口水，小时候吃衣服留下来的痕迹吧。"哈哈，轩轩说的没错。七八个月的时候，也正是长牙的时候，轩轩爱磨牙，典型的表现就是爱咬衣服。她自己的衣服被咬得惨不忍睹也就算了，我的衣服前襟也被她的小乳牙咬得千疮百孔。那个时候，下班回家第一件事，就是换一件棉质的睡衣，准备让轩轩咬，咬完一件再换一件。记得有一件紫色的短袖上衣，前襟被轩轩咬得跟乞丐服没什么两样了。有人说，这是属老鼠的特色。可是轩轩是属牛的，这该不是物种进化了吧。轩轩在微信里开心地大笑了好一会儿之后，才想起来问我："这上面除了口水，还有啥？"我说："你仔细看看，除了口水、汗水，还有食物痕迹和污渍。"

时间过得真快，一转眼快二十年了，轩轩从穿一套小衣裤的小女孩长成青春年盛的模样了。这些儿时的记忆，本来正在我们的生活里渐渐远去，这些小衣小裤，却恰巧在这个时间点上，回到我们的生活里。这个偶然的获得，让今年原本与我们没有多大关系的六一国际儿童节，变得如此亲切。仿佛所有的一切，都发生在昨天。留学在英伦半岛的轩轩，因为看见了自己曾经穿过的衣裤，瞬间回到了童年。

满架蔷薇一院香

一早，留学生家长群里，一位妈妈发出了她的孩子发给她的一张图，是孩子的学分分析图，并配有相应的数据。这位妈妈说："孩子修满了学分，离硕士毕业也就为期不远了。"

这张图立刻引起了群里爸爸妈妈们的注意，大家纷纷点赞："孩子真优秀，自己归纳学业的学分，分析图制作得很形象，也很直观。""这是个好消息，希望我们的孩子们早日修满学分，学成归国。"

看见这则消息，我的心情也好了许多。上午，在给学生上课的时候，正好遇上一道综合性的语文学习试题，是一部小说，内容是这样的：主人公是一个女孩，她虽然出身低微，却善良温柔，坚强自信。在爱情上绝不卑躬屈膝，人格很自立。不愿意陷于家庭纠纷之中的她选择离开所爱的人，远走他乡。而当她得知所爱的人在一场大火中失去了亲人，又因为救家人而失去了双目的时候，这位女孩毅然回到了曾经生活过的地方，勇敢地面对这个已经残损了的庄园，接受了这份迟来的爱情。这个故事，是那样平凡，却又是那样让人感动。

我问学生：

知道这部小说吗？

学生说：

《简·爱》。

我问：

作者是谁？

学生说：

夏洛蒂·勃朗特。

我问：

夏洛蒂·勃朗特是哪国人？

学生说：

英国人。

我问：

作者的家在英国哪里？

学生似乎被我问住了，大眼瞪小眼，回答不上来了。

我说：

夏洛蒂·勃朗特的故乡就在谢菲尔德，今天，那里还有她们姐妹生活过的庄园。1847年，夏洛蒂·勃朗特在这座庄园里写出了长篇小说《简·爱》，这是一部具有自传色彩的作品，女主人公简·爱在芬丁庄园与罗切斯特先生成家后居住了十二年。

我的目光越过了飘逸的窗帘，望向了遥远的天空说：

谢菲尔德是个非常美丽的地方，我的女儿轩轩去年从中国到谢菲尔德大学留学，现在还在谢菲尔德大学学习。我很早就读过《简·爱》，知道了夏洛蒂·勃朗特和她的姐妹们。恰巧轩轩又在夏洛蒂·勃朗特姐妹们的居住地谢菲尔德读书。如果时间允许，我打算去一趟英国的谢菲尔德，一则参加轩轩在谢菲尔德大学的硕士毕业典礼，二来去看看夏洛蒂·勃朗特姐妹们生活的庄园，当然，还有达西庄园。

愿景终归是内心所想，至于能不能实现，还有赖于多重因素的影响。随着轩轩这一届留英学子的学业临近结束，我和留学生家长群里的家长们一样，内心虽有波澜，却也不乏欣喜。这不，群里的妈妈们又开始了快活地聊天儿。

一位妈妈率先发出了一张图片，欣喜地说："我家昙花昨天开了。"

昙花本就一现，世人难以相见。能在孩子快要完成学业回国的前夕，看见昙花开，欣赏昙花之美，那更是一种幸运。昙花大多是在暗夜里开的，这张照片的背景也是黑色的，越发显出昙花绽放之美。只见一支根茎的顶端有一朵盛开的昙花，修长的花瓣如银似雪，层层开放。花瓣的中心，聚集了丝丝的蕊黄，它们簇拥在花心，娉婷若诸位仙子，格外雅致。

这位妈妈兴致盎然，又发来了一个昙花一现的视频，这是一段延时摄影。几秒钟的视频，摄影师抓拍了昙花由花苞绽放成花儿的几个瞬间，看得人赞叹不已。暗夜中，在动态的拍摄下，昙花如一位美丽的舞者，在自己的时空里，翩然起舞。看着昙花洁白修长的花瓣，一层层地打开，露出了花蕊，丰腴而美妙。但仅仅两三个小时，昙花就收敛了花瓣，谢了。

又一位妈妈发出了几张照片，第一张是金银花，第二张是蔷薇，第三张是月季，第四张是紫藤，第五张是玫瑰花。

这位妈妈说："我也来晒晒我养的花。"

立刻就有妈妈说："这些花怎么长得这么好看，简直太漂亮了。"

另一位妈妈说："满大街都是月季花，我还真没仔细看过，这个花确实好看。"

群里的妈妈们纷纷晒出自己看过的花，色彩纷呈，令人目不暇接。

一位不太发声的妈妈说："求大家晒花，好歹也说下是啥花，让俺也长点见识，好不好？"

一位爸爸也不甘示弱，晒出了几张照片，全是多肉。看得出来，是刚刚拍的。虽然光线不是很好，黑夜的背景，但也给人带来了惊喜。

这位爸爸说："本来住城里的，老婆养了各种多肉，要照顾，就搬乡下住了。"

那位不太发声的妈妈惊叹道："哇，品种真多。长得这么高，像花果山哎。"

一位头像很漂亮的妈妈说："刚才我的儿子发来了视频，他和两个舍友去了谢菲的峰区，那里有几块很大的石头。孩子拍了些照片，给我看了看景色。今天谢菲的天气很好，阳光很灿烂。我让孩子多拍点儿照片，不知是否能答应我的要求。"

看来，随着学期末的到来，一门门功课考试的结束，孩子们的学业相应得到了减轻，在很大程度上，让留学在谢菲的学生和坚守在群里的爸爸妈妈们都心生欢喜。宛若微风轻拂，满架的蔷薇花开了，整个院子都是香的啊。

我受到了感染，感觉身心轻松多了，就连线轩轩，问她近些日子学业怎么样。轩轩回信说："最近一段时间作业很多，现在每天都在写作业。"我说："不是考了试吗，怎么还会有这么多作业？"轩轩说："现在是考试月，还没有结束呢。"我说："看到群里有的家长说他们的孩子也都在赶作业。"轩轩说："是的，还有几门没有考，老师给留了好多作业，都是考试的内容，不做是不行的，而且还要认真地做。"我说："怪不得。"我叮嘱轩轩："还是要劳逸结合，注意吃好休息好，精神才好。"

轩轩这两天没有主动联系我，也许就是这个原因吧。借助留学生家长群里的蔷薇花香，在给轩轩发的第七十五个红包上面，我写着："有时间就看看风景保持好心情。"

峰区与 6 月考试月

今天是轩轩的姐姐过生日，一早，我在家里的小群里发了个红包，掀起了小群红包雨的热潮。见轩轩迟迟未响应，内心有些不安。不为别的，只为轩轩黑白颠倒的睡眠时间。

虽然进入夏季，英国格林尼治时间与北京时间相差了 7 个小时，平日里，和轩轩聊天儿都只能是在晚上北京时间 8 点左右，也就是英国的中午。从 5 月进入 6 月以来，轩轩似乎与我们交流的时间越来越少。有时候，发了一句话过去，半天都没有回应。过了好几个小时，才看见轩轩回了两个字："学习。"

今天，轩轩在微信里跟我说："刚刚起来，现在看书，加油！"我说："加油之前一定要吃饱肚子啊。"这段时间，轩轩和我们聊天儿很少。进入了 6 月的考试季，轩轩又说："作业很多。"确实，就连吃饭，轩轩也变得马虎起来。发来的图片不是面条就是水饺，有时是一些简单的蒸煮之类的食物。因为无心制作，所以简单对付，或者干脆连吃什么食物都不告诉我了。可以想象，轩轩和其他留学英伦的孩子们，学业的压力一定很大。

傍晚，轩轩给我发来了一句话说："点外卖了。"我说："外卖点的啥？"轩轩说："水煮鱼、铁板牛肉。"随即，轩轩发了个得意的表情，一副很惬意的模样。

又是鱼，又是肉的，而且还是铁板烧，这一时半会儿吃得完吗？我说："这么多啊，不会吃撑了？"轩轩说："两个菜吃两天。"我说："天热了，一定要保鲜。"轩轩说："会的会的。"我说："好，注意吃好睡好，精力充足才能有精力去学习。"

不久，轩轩给我发了个图片。图片里是两个一次性的便利盒：一盒颜色稍淡，想必是水煮鱼；另一盒整个泛着红色，红色的油花在灯下闪着银色的亮光，几块肉食在红油中若隐若现，高高低低，像红海中的岛屿。

轩轩用筷子夹起红油中的一块肉，说："好好吃哦。"想起上次轩轩考完试之后她们四个女生一同吃了几盒漂在红油中的菜，结果轩轩回家就闹肚子。我说："红红的又是辣椒油吧，会上火，不要又闹肚子了。"

轩轩边吃边说："可是好吃，好吃就完事了。"我说："不是完事了就好，还是要多吃点水果，补充维生素。"轩轩一个人要忙学习，还要忙生活，6月是考试月，也许确实没有时间，才如此简单地应对自己的生活。我给轩轩发了一段话："越是学习压力大，越要注意适当的活动，在运动中增强机体的细胞活力，给予身心以充沛的氧气，效率也能得以提高。有时间还是要看看大自然，吃点健康食品。"

我在给轩轩发的第七十八个红包上面写着："多吃绿色食品，多健身。"

第二天下午，看见了轩轩发来的几张风景照。轩轩说这是谢菲最为有名的峰区国家公园（Peak District National Park）。照片的背景是一块大石头，轩轩穿着长袖衬衣和牛仔裤，倚着大石头眺望远方。大石头的远近，散落着几个女孩子的背影，各自眺望远方。

我有些惊讶，轩轩不是说作业很多很多，忙不过来吗？怎么还有时间和同学一起去看风景？峰区就在谢菲，轩轩和同学读书做作业累了，在家门口走走，放松一下自己的心情，也是不错的选择。我连忙发条信息给轩轩，在等轩轩回信的时候，抱着一丝好奇，上网查找了一下峰区的资料。建于1951年的峰区国家公园是英国历史上的第一个国家公园，它位于英格兰中部，在曼彻斯特、利兹和谢菲尔德这三座城市的中间。风景秀丽，景色宜人，是居住在三座城市里的人们休闲度假的好处所。

轩轩终于回了我的微信，只有几个字："很忙，作业很多。"我说："你去峰区看风景了？"轩轩说："这是前些日子去的，忘了给你看。当时还挺凉快的，现在是北半球的夏季，英伦半岛日长夜短，热浪袭人。外面的天空，就像这碗蛋花饺一样，又很热情了。老妈，我不说了，大家都在赶作业呢。"我说："哦，不要太累了，要注意休息。"轩轩发来一个流泪的表情，外加两个字："好哦。"就没了下文。我只好说："别急，慢慢地做。"

虽然是一种人生成长的经历，但想想轩轩也是不容易，独自出远门，坚守梦想，完成学业，我的内心时常泛起心疼。在发给轩轩的第七十四个红包上面，我写着："适当休息运动作业会更好。"我以为，在生命的长河中，无论是面对逆境，还是面对顺境，都要有良好的心态和健康的体魄，并以最佳的状态来完成眼前之事。

再忙，一日三餐也要有营养

　　留学生家长群里，有一位妈妈发了一张图片。照片上是一位年轻的女孩子，穿了一件单薄的夏装，低垂着眼眉，一方丝巾遮住了她的口鼻。最醒目的是这个女孩子头上的帽子。这是一顶黑色的防晒帽，帽子的前沿，被一圈儿透明的罩子罩得很严实，只是下巴颏处露在外面。流线型的圆弧外罩，几乎完全阻挡住了眼睑四周气流的波动，但又不妨碍呼吸，有护目护脸的功能。

　　这位妈妈说："这叫防晒护目帽。孩子回来的时候正值盛夏，北半球的太阳很毒辣，孩子一路辗转十多个小时，用这张图片里的保护帽比较好。"群里的另一位妈妈就说了："是啊，等我们的孩子回来，天真的太热了，这个帽子看起来不错。既可以正面阻挡外部冲向人体脸部的热气流，还可以给人脸部一个舒适的空间。吃东西喝水之类的，也不受约束。"

　　我把这张图片发给了轩轩，说："回来的时候可以用这个抵挡太阳。京东有得卖，要不要买一顶来？"

　　轩轩说："等我回来的时候再说吧。"

　　我说："回家的日子越来越近了，你可以提前在网上买一个。这是连同帽子一起的，既防晒又护脸。"

轩轩发来一个动画表情：一只毛茸茸的小熊的手臂，手臂的尽头是一只毛茸茸的拳头，拳头的上方竖起了一只大拇指。大拇指白色的茸毛，在光亮里根根可鉴。那是一只很可爱的点赞的手。

轩轩不说买也不说不买，我也不好催。我想过，如果从国内买，再寄到英国去，就为了这顶帽子，成本加运费可不是一般的贵，还是在英国通过网购比较适合。现在正是6月的考试季，等轩轩忙完了这段时间再说吧。

轩轩又发来了一张照片，咬了一大半的酥梨，看起来挺水嫩的。轩轩说："买的水果到了。"看见轩轩手中的酥梨被咬得残缺不全，而且都快到了酥梨的根部了，这是有多久没有吃过了？只顾着吃，居然忘了拍一个完整的未吃的酥梨。酥梨底部，皮色上的斑点依旧清晰可见。我说："吃水果，最好去皮。"

轩轩说："几天没吃水果了，直接上火。"我说："肯定的，吃了红油哦。"这几天我就老想着轩轩前天点的那个外卖，那一盒子的红油，还有那些漂在红油里的肉食。当这一盒子的几块肉下肚的时候，那些很辣眼的红色的油，也有一半跟着到了肚子里。过后，如果肚子不疼，不上火，那是久经考验的；如果肚子疼，又上火，说明这红油的烧灼力实在太猛了。

下午，轩轩来信息说："老妈，红油放置了三天，变黑了。这是什么油，为什么会变黑呢？"我告诉轩轩："之前我看过一些关于红油的说法，说是在牛油中加入了诸多配料，经过长时间的熬制，配料中的有效成分溶解到了油里，所以红油才颜色深，看起来发黑，不知道是不是这个道理。但我想，这种油对人的身体肯定是没有多大益处的。"

今天是北京时间6月11日，伦敦格林尼治时间6月10日。记得从5月8日开始，青岛科技大学杨利老师给群里的学生们上课的时候，告诉大家，中国书法英国公开课将在英国时间的6月10日截止，也就是说，今天是杨老师的最后一节书法课。

果然，北京时间 6 月 11 日凌晨 3 点，英国格林尼治时间 6 月 10 日晚上 8 点，杨老师开始了最后一节书法课。在这节课上，杨老师一改往日的每日介绍三个字，而是讲起了中国书法的精髓：书法的章法。

杨老师说："汉字的布局安排很讲究，我们称之为章法。书法的章法是比较枯燥的，但又是很有趣味的。"杨老师拿出了一把透明的尺，在字帖上比画起来。这次杨老师列举了两组书法字：第一组是"池、清、水、上、生、肥"，第二组是"志、不、果、中、池、有、士"。

就这两组书法字，杨老师从这些字的框架上进行解说，以一支笔一把尺，勾画出一个个大大小小的方块，形象生动地对着两组字，进行了位置的分析，指出这些字与方块之间的衔接关系、照应关系以及整页书法字的构架关系。

杨老师风趣地说："汉字书法字的章法其实就是混凝土梁，也要有稳固的形态。书写的时候要注意插空，还有字的大小和疏朗关系。"

杨老师说，中国书法英国公开课从 5 月 8 日开课，历时三十四天，一共讲解了一百零二个字，共分为两个阶段。在这些日子里，我们通过对书法字的了解，初步了解了中国书法的审美特征，在书法的欣赏上有了一定的认知，也体会到了书法的博大精深，这就是我们这次书法课的收获。

杨老师说："人在青岛，为大家介绍中国书法，讲解中国的传统文化，让大家丰富自己的生活，记忆深刻。这是一段难得的经历，大家应该有了自己的体会。这是一次公益课程。今后，我还要继续做中华文化的传播者、研究者，将中国的书法文化传承下去。"

最后，杨老师说："根据课程安排，本次公益课到今天就全部结束了。非常感谢大家这段时间的积极参与。感谢朋友们保持安静，请大家多保重。"

轩轩也喜欢看杨老师的书法讲解，只是学业当前，时间太紧。杨老师最后一节书法课的内容我收藏了起来，想着等到轩轩考试结束后再发给她看看。

　　人的一生中，有两种食粮：一种是精神食粮，一种是物质食粮。精神食粮也称为文化食粮，物质食粮指的是我们的衣食住行。轩轩在追求精神食粮的过程中，竟然忽视了物质食粮，常吃的食物出现了断档，火气也就上来了。我告诉轩轩，现在正是英国草莓、车厘子大量上市的时候，很新鲜，不妨买点吃吃，既可以降火，还可以增添人体所需的维生素。

　　晚上，我给轩轩发了第八十个红包。这是一个很好的数字，很吉祥，很温暖。在金额上也因为这个数字而略有提升：十八元。在红包上我写着："身体健康需日常多料理。"意思是说，再忙，也要好好安排吃进肚子里的饭食，这是身体健康的前提条件。

端午节，万水千山"粽"是情

6月在日渐温热的气息中，走到了端午。前几日，我给学生们讲我小时候脖子上挂着蛋袋和小伙伴们斗鸡蛋的乐趣。学生们听得眼睛瞪得大大的。第二天，就有几个孩子从家里带来了几卷毛线，让我给他们编织蛋袋。利用课间时间，我给他们编织了几个。五颜六色的蛋袋送到教室里，孩子们那个高兴劲啊，快乐地在教室里打转转。

晚上，面对着糯米、香肠、红豆和粽叶，我开始了一年一度包粽子的工作。轩轩的姐姐想学手艺，就在一旁有板有眼地跟着学习。轩轩的姐姐说："老妈，这是什么味道？"我说："这是老婆婆的味道。"轩轩的姐姐说："老婆婆的味道是什么意思？"我笑着说："这话说起来就很长了。小时候，每逢端午，我的婆婆就是我们家包粽子的主力军，年轻的我，就像现在的你一样，坐在婆婆身边，跟着学习。什么斧头粽子、拳头粽子、三角粽子……都跟着学。从最开始包的没棱没角塌鼻子的模样，到后来有棱有角高鼻子的帅气，我继承了婆婆的手艺。婆婆去世以后，我名正言顺，成了家族里包粽子的最佳人选了。"

端午的日子，轩轩一个人在英国，我心里总觉得缺少了一点什么。于是，我们边包粽子边连线轩轩，视频的音乐响起不到五秒钟，轩轩那头就通了。当轩轩看到我们一大家人在包粽子的时候，很是惊异，问："哪天是端午节？"侄儿小橙子说："明天。"轩轩说："明天去买几个粽子来。"我问："你去哪里买？"我以为，端午是只有中国才有的节日，这种用粽叶包裹着的食材也只是中国才有的。轩轩在英伦半岛，又在哪里去买这种中国元素的粽子呢。

轩轩说："中超会有的。"

端午节这天，时值正午，我们一家人聚在一起吃团圆饭的时候，正是英国的凌晨5点。昨晚包好的粽子历经四五个小时的蒸煮，已经喷着香气了，咸鸭蛋也早已装好了盘。吃着浓香的粽子，说着家长里短，我们又不约而同想到了远在英伦半岛的轩轩。今年这个端午节，轩轩独自一人在海外过端午，让我们牵挂不已。不知道她去中超是否买到了粽子、咸鸭蛋，端午的大蒜子，以及端午的红苋菜，这些中超都有吗？

为了安慰轩轩，我早早地给轩轩发了第九十四个红包，金额增加为一个整数。在红包上我写着："端午节快乐！"

下午2点多，我们陪着父亲、母亲在艾溪湖湿地公园赏荷花的时候，轩轩醒了。轩轩接了我的红包，从英伦半岛给我发来了一个表情，强调说："端午不是说快乐，应该说安康。"

其实，我是有意而为之的。自轩轩独自一人远赴英国留学，一个人住在斗室里，既要完成学业，还要料理自己的一日三餐。一个人的生活，孤单而寂寞。也就是从那个时候开始，我有了一个最大的愿望，希望轩轩每天都能开心快乐，平安健康。

我问轩轩："今天吃了粽子吗？"轩轩说："还没呢，现在去中超。"轩轩漱洗完毕，下了楼，往中超走去。一路上与轩轩视频，看见谢菲的大街小巷，清静少人。路上经过一个草木深深的公园，同样是人迹稀少。我说："谢菲的人真少啊。"轩轩说："英国总人口只有我们一个省的人口量。"我叮嘱轩轩："天热起来了，快去快回。"轩轩走进了中超，在货架上找到了一个独立包装的咸蛋黄肉粽。轩轩说："买多了吃不完。"我说："这是中国人的传统节日，一个就可以了。"再次随着轩轩的镜头，一路看谢菲的街景，还是那样清静少人，公园里景物依旧，只是阳光下植物的影子稍稍往西移动了一点点。

英国是一个岛国，晴雨变幻较快。此刻，几片乌云已经悬在了天边。拐过几个街角，轩轩走进了租住的公寓，上了楼，把自己关进了公寓。洗完手，拆开买来的粽子，里面只有一个。轩轩说："咸蛋黄和肉都在粽子里面。"我说："蒸煮一下再吃吧。"轩轩说："这是熟食，已经蒸煮好了的，剥开就可以吃的。"

看着轩轩大口吃着粽子，大口吃着蛋黄，又如同发现新大陆一样，找到里面的肉，用筷子夹着给我看，笑着说："老妈，真好吃。"我的眼眶湿润了。我说："等你回家后，老妈包粽子给你吃，里面放高邮的咸鸭蛋，还有乡村的土猪肉。"

端午节假期的第二日，早晨随意点开留学生家长群，看见一位家长晒出了一张照片，是一堆不成形状的条状物。这位妈妈说，这是她的儿子在谢菲的斗室里包出来的粽子。

细细看来，这位妈妈发出来的照片最下面是一块木质的案板。案板的上面，堆放了一些包出来的"粽子"。与其说是包出来的，还不如说是捆出来的。粽叶是老黄色，已经煮熟了。这些粽子的个头大大小小，长长短短，肥肥瘦瘦，横七竖八地躺在案板上。如竹筒饭，但却没有竹筒饭整齐、好看。

这位妈妈说儿子不会包，又想过端午节，就和她视频通话。看视频里的妈妈是怎样包粽子的，边学边包，边包边学，终于完成了这个看起来费时费力还要求技术的活。虽然这些粽子长得不怎么好看，但是出自一位平日里在家从不做饭的男生的手，当妈妈的内心那个激动啊！

果然，群里的妈妈们立刻就有了反应。有人给这些长相不算完美的粽子取了个很响亮的名字：来自英国的粽子。

这是今天留学生家长群里最大的亮点。我们来看看留学生家长群里的妈妈们是怎样说的：

（1）这是孩子们的中国心。祝我们的孩子们都健康平安，学业顺利。端午安康！

（2）今年的端午节，"安康"的祝福对于我们所有留学生和家长来说格外意义深刻，祈愿大家都平安顺遂！

（3）小手好麻利，心灵手巧啊。孩子们不仅坚强勇敢，还出乎意料的能干！

（4）我家女儿昨天也说买了蛋黄，估计是于中超买的吧。

（5）孩子们比我们想象的要坚强，向孩子们致以最美好的祝福！

（6）说明我们的孩子都很优秀，乐观。

（7）孩子自己包的，这个太厉害了，孩子们真棒！

（8）孩子太能干了，祝福他们都安康。看到想流泪，觉得孩子们真了不起！

（9）孩子们越来越坚强、成熟了。给孩子们点赞，永远保持乐观的心态。

（10）孩子们真棒，孩子们是我们的骄傲。祝愿孩子们快乐幸福、健康平安、学业有成、端午安康！

这个端午节，来自英伦半岛的孩子们给妈妈们带来的惊喜还没有结束，另一位妈妈也兴致勃勃晒出了一张照片。这是一个由四块小蛋糕组成的蛋糕阵，每一块小蛋糕都有四方形的底座，四四方方，整整齐齐。每一块蛋糕的上面，都点缀了奶油和水果，插上了一根燃烧的小蜡烛。

虽然不豪华，却也温暖舒适。

这位妈妈说："我的女儿今天过生日，这些蛋糕是女儿的几个舍友上周一起做出来的。这是孩子在国外过的第一个生日，也是一个最难忘的生日。"

群里的妈妈们纷纷给这位妈妈的女儿送去了生日快乐的祝福。这位妈妈把这些妈妈的祝福转给了远在英伦半岛的女儿，她的女儿让妈妈转给各位妈妈一个表情：一只快乐的玩具小狗，在镜头的前面摇着脖子晃着脑袋，表现出非常高兴的样子。

这位妈妈说："孩子很高兴，让我替她谢谢阿姨们。"

5月端午，这是生活在九百六十万平方公里的土地上的人民的传统节日。因为人口的流动，也成为散居在海外的千万华人共同传承的节日。因为留学，轩轩不小心成为这千万人中的一员。但愿，今天的经历，可以成为轩轩生命里一段难忘的记忆，一段不可复制的故事。

宋人欧阳修在《渔家傲·五月榴花妖艳烘》一词中有言："五月榴花妖艳烘。绿杨带雨垂垂重。五色新丝缠角粽。"欧阳修在这首词里，描写了过端午的习俗：吃多角粽，饮菖蒲酒，沐香花浴。在我们的生活中，端午这一天"吃多角粽，饮菖蒲酒，沐香花浴"是很正常的。但是在英国，轩轩若是能有一个粽子，就已经很心满意足了。

在给轩轩发出的第九十五个红包上面我写着："端午安康！"愿欧公的"绿杨带雨垂垂重，五色新丝缠角粽"的端午情怀，能够跨越万水千山，送给如轩轩一样，客居他乡的中华儿女最真诚的祝福！

历经千帆，归来依旧是少年

日子从初夏走到了夏末，轩轩走完了考试季，顺利完成了学业。和大部分留学英国的学子一样，即将回家了。

这几日，留学群里的家长们很忙。他们忙着给孩子订购回国的机票，忙着指点孩子们售卖生活用品，忙着让孩子赶紧找房东退房，忙着询问有没有同班次回国的孩子，好一同拼车去希思罗机场。

度过了 6 月考试季，轩轩的心情明显好了很多。这些日子里，又看见那个活泼青春的轩轩了。在居室里做饭、唱歌、跳舞；和同学一起走到户外，走进英国的庄园，看古老庄园的故事，看牛羊在青草间悠闲啃食。

我问轩轩："过几天就要回家了，你的事都安排好了吗？"轩轩说："昨天跟房东结清了房款，回家的人多，生活用品很难处理，有的半卖半送了，有的干脆送人了。"

我说："也是，现在老生已经毕业了，新生还没有来，继续求学的人也不缺这些，确实不好处理。你怎么处理都可以，只要你自己平平安安回来就好。"我又问道："谢菲离希思罗机场那么远，你找好了同伴拼车吗？"

轩轩说："找了几个，因为飞机班次不同，不是他们时间早就是我的时间早，拼不到一块儿去。"我有些着急，这么多毕业回国的学生，总会有同伴的。

我点开已有几天没看的留学生家长群，发现这些家长比我还着急，早在几天前就已经建了多个不同日期的回家群，并在群里发出了入群二维码。热心的家长还邀请来了好几位谢菲的专职司机。这些司机表示，可以按时间节点护送留学生们去希思罗机场。

我扫了其中一个二维码，进入了夏末回家的群。之后，把轩轩也拉进了这个群，轩轩很快就联系上了几位同机的学生。接下来的，就是联系一位可以把他们送到希思罗机场的司机了。

留学生家长群里有人说，那位刘姓司机很靠谱，也是华人留英学生。多年来，一直在为我们的孩子服务。我立刻添加了刘师傅的微信，很快我们成了好友。刘师傅发给我一张照片，是他的七人座小车，还有他的行车执照以及相关的证件。刘师傅还发来了一张他自己与车合影的照片，人到中年的刘师傅看起来个子不高，微微笑着，给人很敦实的感觉。

我问刘师傅："平日里您送学生去希思罗机场的时间是怎样安排的？"刘师傅说："这要看飞机起飞的时间。如果是清晨或者是上午，那就要头一天送去，晚上在机场附近住宿，那边我有朋友可以对接。如果是下午，当天早上也要好早起床，一路赶过去，如果遇到堵车或者道路出了问题，就有点麻烦了。最好还是头天赶过去，在那边住一晚，时间就宽裕多了。机场要安检，还要等候一段时间，所以时间不能太紧张了。每次送孩子们到机场，我都是看着孩子们过了安检之后，再在机场外等着，直到孩子们乘坐的航班顺利起飞，我拍了照片发给了家长之后，才返回谢菲。"

听着刘师傅的话，我想起了伯明翰的蔡会长，想起了纽卡的马医生，想起了伦敦的王医生……其实，我们远在英国的孩子们并不孤单，有如此多的华人同胞在关照、呵护着他们。这些可爱的同胞，他们学成在英国，生活在英国，在我们的孩子们远离家人的日子里，为我们的孩子们服务，让我们这些远在故土的家长能够安心地工作，安心地生活，让我们很感动。

轩轩和几位同机回家的学生组成了一个回家群，这些学生又把自己的家长都拉进了群。我把刘师傅也拉进了这个群。我告诉大家，这位刘师傅可以送大家去希思罗机场。

夏末的一个清晨，轩轩发来了一张照片。照片是在车里拍的，七人座的车，轩轩坐在后排，旁边是一位女生，中间座位上坐了两位男生，刘师傅驾驶着车辆穿行在谢菲的大街上。从车窗向外望去，大街上行人稀少，天空是灰蒙蒙的。

我给轩轩发了一个大大的拥抱，附上一句话："好啊，欢迎轩轩回家！"

谢菲尔德大学距离伦敦约二百六十九公里，行程约两个半小时。整个白天，我都看轩轩给我发来的视频和照片：中世纪的建筑、宁静的庄园、整洁的道路、绿色的草坪、古老的林木、园内的落叶、路遇的大巴、夏日的红花、路边的邮筒、繁忙的双层巴士……那边属于英国的风物都在眼前一一闪过。

英国的公路只有两条道，显得比较狭窄。好在一路之上来往的车辆不多，刘师傅的车辆没有停留。大约开了三个小时，看见密集的楼群和人烟了。轩轩发来了一条信息，此时，是英国时间 12 点。

过了一会儿，轩轩又发来了一条信息："快到机场了，一会儿再聊。"

直到傍晚，轩轩才发来一张照片，在候机室里。希思罗机场灯火明亮，轩轩和几位留学生坐在靠窗的一排，窗外有一架闪着灯的飞机正离地起飞。轩轩说："老妈，我们马上就要登机了。"

我说："好的，注意安全。我在家里等你，一路顺风！"

从希思罗机场起飞到落地青岛流亭，这是中国最长国际直飞航线之一，航程近九千公里，需要飞行十多个小时。轩轩乘坐的航班起飞的时间是北京时间 10 点 30 分，落地青岛流亭的时间是北京时间第二天的下午 4 点多。十多个小时的飞行时间正好是我们的整个夜晚以及第二天的大半个白天。

这个晚上，我一夜未眠。为了看见轩轩所乘坐的航班的飞行动态，我下载了"飞常准"。这是一款很不错的软件，可以密切关注轩轩乘坐的班机飞行的实况。北京时间 10 点整，我开启了"飞常准"，手机屏幕上立刻显示了航班即将起飞的信息。10 点 30 分，航班准时从希思罗机场起飞，一路向北。这是我第一次使用"飞常准"，很是惊奇地看着屏幕中的小飞机一点一点地沿着地图向北推进。夜色中，看着小飞机飞过荷兰、丹麦、瑞典、芬兰，时间已过夜半，我的四周已是一片安静。又过了一段时间，小飞机进入了俄罗斯领空，俄罗斯的大地上白茫茫的一片，小飞机是那么渺小，小飞机横跨俄罗斯境界用了相当长的时间。此时，已是后半夜了，我的眼皮困乏得不行。我站起身，用冷水洗了把脸，摇了摇头，在屋子里来回走着，眼睛仍然盯着小飞机，观察小飞机的飞行动态。过了很长一段时间，窗外的天色泛出了微微的亮光，此时看见了小飞机进入了蒙古国境内。我的心情有了一点小激动，快了！快了！我的轩轩快回家了！

窗外的天空渐渐地明亮起来了，夜色将尽之时，飞行在蒙古国的小飞机越来越接近中华人民共和国国境线了。我双手合十，默默祈祷，祈祷我的轩轩平安归来，祈祷与轩轩同机回家的孩子们平安归来。小飞机距离中华人民共和国国境线越来越近了，三毫米，两毫米，一毫米，半毫米……终于，小飞机飞越了中蒙边境线，飞行在中华人民共和国的领空了！

　　我的眼泪落了下来。我的轩轩，终于平安地回家了！

　　我给轩轩发了第一百个红包，一个大大的整数。红包被我设计成一面鲜艳的五星红旗的模样，在红包的上面，我写了一行字："愿你历经千帆，归来依旧是少年。"

第二辑

吾家故事

故乡三味

又到了年根了。几天前，舅妈给母亲打来了电话，问我们过年回黄梅不。母亲说："今年还是就地过年的好，不回去了。"舅妈说："我准备好了你们爱吃的鱼面。"舅妈的话，让我想起了记忆中唇边的味道，那是故乡的味道。

鱼　　面

舅舅、舅妈的家在长江的边上，一年四季喝着长江里的水，吃着长江里的鱼。舅妈说，长江的水好喝，没有泥沙，还带着一点甜味。舅妈还说，长江里的鱼多，四周湖泊沟汊里的鱼也多。舅舅、舅妈的家本在江南泽国，长江又绕着转了一个大弯。这些水系非常照应，你牵着我的手，我拉着你的衣襟，水水相连。丰沛的水资源，使得这里的水稻、棉花、油菜、甘蔗等农作物欣欣向荣，还让这里成为龟鳖鼋鼍和各种鱼类的栖息地。

引长江之水灌溉出来的稻米和果蔬自不必说，单就是以鱼为主的各种食材，就已经让我爱不释口。而其中，最让我不能忘怀的是鱼面。所以，当舅妈说已经为我们备好了年节的鱼面，怎能不让我动心呢。

记得第一次吃鱼面是在舅舅、舅妈家。那时候外婆还在，和舅舅、舅妈住在一起。那是个特别寒冷的冬天，大年初二，父亲、母亲带着我们姐弟仨从庐山脚下赶来给外婆拜年。外婆家低矮的屋檐上，挂着一排长长的冰凌。外婆搓揉着我们冻得通红的手，说："今天给你们做鱼面吃。"

我瞪着一双眼睛，实在想不出鱼是怎样变成面的。年年在长江上走，看见鱼在水里游来游去。有时看见被捕获的鱼躺在污泥里，瞪着一对圆眼，鳃一张一合，母亲说那是鱼儿在呼吸。而我吃过的面条是用面粉做的。

外婆的矮屋是用木头做的。几根圆木支撑了屋梁，数片木板隔出了卧室和厅堂。也许是岁月太久，圆木有点黑。外婆走进那间有两张床的小房间，圆木上垂下两根细铁丝、三根粗绳子。铁丝和绳子的下面都有一根弯钩。弯钩的下面，挂着一个篮子，大小不一。两根细铁丝生锈了，和圆木一样有点黑。三根粗绳子上布满了扬尘。蜘蛛在三根绳子和两根细铁丝之间，结了一张网。外婆挺直腰身，踮起脚尖，伸手取下吊在一个铁丝钩上的竹篮。竹篮上盖了一块夏布，夏布是青花纹，蓝底的颜色。外婆掀开竹篮上的夏布，露出半篮椭圆形的扁"元宝"。色白，小卷，比面条稍宽。外婆说："这是鱼面。"

外婆把竹篮放在厅屋的桌子上，从厨房拿来一个菜盆，铝制的，发着银色的光。外婆从竹篮子里抓了几把鱼面，扔进菜盆里。鱼面很硬实，第一把鱼面与铝盆相碰，在盆底荡起秋千，发出脆脆的声响。厨房有一只酱色陶瓷缸，这是水缸。外婆揭开缸上的木盖子，用一只红色的塑料勺舀了几瓢水，倒进了菜盆。待水淹没了鱼面，用手按按。外婆甩甩水珠，在围裙上擦了两把手说："鱼面晒硬了，要泡软了才好吃。"浸泡的时间很漫长，从中午吃完午饭，到傍晚上灯的时候。

虽然日子过得节俭，外婆总是想着法子让年节过得丰盛一些，让我们这些回家拜年的外孙能吃点黄梅特色。舅妈说："这年秋天，外婆买了两条大草鱼，洗净晾干之后放在一个大木盆子里，用洗衣服的棒槌一棒槌一棒槌地打。去了鱼鳞的鱼，滑溜溜的。外婆家人多事多，稍一分心，右手的棒槌就打在了另一只扶着鱼头的左手手指头上，手背立刻就是一片青紫，曾有一次打到大拇指的指甲盖上了，特别疼。"

我看着外婆的左手大拇指，那儿的指甲盖只有小半截，上半截是黑褐色的皮肉综合体。俗话说，十指连心，我想象着外婆的疼，心口不由得生生地疼。

浸泡了半天的鱼面在菜盆里松松软软的，个头长了不少。外婆叉开五指，从盆里捞鱼面。出水的时候，外婆每一根手指上都挂满了鱼面，软软亮亮的。水流像一条小瀑布，从鱼面上顺流而下，滴落在盆里，叮叮咚咚，煞是好听。

外婆切了几片腊肉，放进热锅里。待出了油，手脚麻利地把沥干了水的鱼面下到锅里。立刻，锅里发出了嗞嗞的爆响。外婆加大了火，从四面翻炒着鱼面，鱼面的颜色渐渐地由麻灰变得银白。两分钟后，外婆加了一碗水，盖上锅盖，小煮一会儿。趁这个时候，外婆切了一瓣大蒜、几根小葱，还有姜丝和干辣椒丝。看着汤汁快要收干了，放入大蒜、姜丝和干辣椒丝，又翻炒了一小会儿。此时，汤汁已经收干了。外婆再放入小葱，一盘香喷喷的鱼面就出锅了。

十足的火候之后，每一根鱼面的面丝上都包裹着醇厚的肉汁，色香味浓。我餐桌上的第一筷就是这盘鱼面，怎么吃都觉得余味绵长，好吃极了。这盘鱼面也是最受欢迎的一盘菜，还没吃到两筷子，就见底了。外婆总是坐在桌子的另一头，笑着看着我们吃，筷子只是在面前的青菜盘里动了几动，却从来不夹鱼面。

年幼时只知鱼面好吃，盼着过年，盼着去给外婆拜年吃鱼面。长大后才知道，外婆说的鱼面，原来是湖北的地方特产，最具代表性的在黄冈、黄梅一带，是最为传统正宗的特色产品，久负盛名，已有一千多年历史。作为地方特产，明朝时就因为风味美食而作为贡品，连年上贡朝廷。民间也因其美味，食材易得，成为家家必备的一道佳肴。除了用来款待来客，自家也常食用。

制作鱼面的过程叫"打鱼面"。旧时黄冈、黄梅人几乎家家都有"打鱼面"的木盘和木槌。每到岁末年初，家家户户搓红薯粉，捶捣鱼肉泥。从街头到巷尾，木槌声声，此起彼伏，是传统正宗的鱼面之乡一道亮丽的民俗风景。打出来的鱼肉肉汁鲜嫩细腻，制作时再掺些红薯粉，把它们揉匀，用擀面杖擀成薄薄的面饼，卷成长卷，放入蒸锅内。火候不能太大，待蒸熟了切成片状，晾晒干了，就可以保存起来了。

几年后，外婆去世了。我以为，鱼面的美味随着外婆一起走了。数年后的一个春节，在黄梅县城大姨家，大姨为我们炒了一盘鱼面。醇厚的肉汁，香浓的味道，正是外婆的味道。那一天，我吃得特别多，这么多年过去，依然是爱不释口。临走，一民表哥送给了我两盒礼品。很精致的包装盒，上面有一个景德镇瓷盘子，盘子里面是椭圆形的扁"元宝"，色白，小卷，比面条稍宽。盘子的上面醒目地写着两个大字：鱼面；下面还有一排小点的字：湖北黄梅特产。

返昌后，我依据外婆和大姨制作鱼面的过程，如法炮制，做了一盘鱼面。装盘后，虽然外观上色白如银，但无论是色泽，还是入口的感觉，总觉得不如外婆和大姨炒出来的，似乎少了一点什么。思来想去，或者少的是那一勺子长江水吧。

藕　圆　子

舅舅、舅妈的家在舅舅六个姐妹的支持下，从夹缝里长了出来。三层的小洋楼，红砖白墙，顶层大平台，终于可以和众邻居一起分享雨露阳光了。舅舅、舅妈的四个女儿出嫁了，儿子五毛给外婆添了个宝贝孙子，外婆没有遗憾地走了。能干的舅妈成了家里的一把手。家里家外，厨房上下，都是舅妈要打转转的地方。嫁给舅舅多年，舅妈不仅从外婆那里学会了照料家庭，还学得了一手好厨艺。任何一样由长江水养育出来的食材，经舅妈的手一整，就能整出让我不能忘怀的味道。

湖北黄梅的习俗是，嫁出去的女儿要在大年初二回娘家拜年。在我的记忆里，去拜年的欣喜远大于大年三十。大年初一的晚上，我就兴奋得睡不着觉，眼巴巴地盼着天亮。父亲、母亲去黄梅拜年，是为了亲情。我拜年，是因走出家门远足的快乐，可以看长江，坐大轮船。当然，还有个小秘密：吃舅妈做的菜，尤其是藕圆子。

每次去黄梅，舅妈总是变戏法一样，端出两盘烧得红酥酥的藕圆子，说："这是你们最爱吃的藕圆子，多吃点。"

父亲、母亲的故乡湖北黄梅，是云梦大泽的江汉平原。从先秦至魏晋南北朝，长江和汉水带来的泥沙不断沉积，汉江三角洲不断伸展，云梦泽范围逐渐减小。到唐宋时期，已经解体为星罗棋布的小湖群。如今，云梦泽时代的湖泊群，已成为一些相互分离的湖泊。亚热带气候的润泽，让这里有众多湖泊，不仅为莲的生长创造了极为有利的条件，也为深藏在淤泥中的莲藕的生长提供了温床。从"小荷才露尖尖角，早有蜻蜓立上头"的季节开始，深藏不露的莲藕就悄悄地孕育和生长了。随着荷花的亭亭玉立，艳压群芳，莲藕也走向了成熟。白嫩的莲藕为生活在江汉平原的人们提供了最经济、最便利的食材，也为人们制作藕圆子提供了广袤的地域性空间。

年年拜年，年年吃藕圆子。藕圆子肉质肥嫩、香酥不腻、甜脆美味的口感，让我百吃不厌。在我少年的一段时间里，成了我向同学们炫耀的热点，就像有人喜欢炫耀自己过年得了多少压岁钱一样的得意。

那些年，我在九江读书，是住校生。那年深秋，天高气爽。周末，几个同学相邀过长江去一江之隔的湖北黄梅看看。我们坐上轮渡过了长江，在小池口的大街上玩了一上午。临近正午，才发觉肚子提意见了。舅妈家就在不远处，想起了舅妈做的菜，我就把几个同学带进了舅妈家。

舅妈看着我来了，很高兴。但很快舅妈的眉梢现出了难色，这种气色稍纵即逝，立刻又是阳光灿烂。舅妈走进了厨房，不一会儿端出了一盘热气腾腾的藕圆子，一盘煎好了的荷包蛋，还有一盘炒青菜。那一天，舅舅、舅妈坐在桌旁，招呼我们吃饭，我和同学们吃得很开心。他们的五个孩子没有上桌，全跑到屋外玩去了。吃完饭，和舅舅、舅妈道别，我们又跑到街上玩去了。直到太阳在长江上洒下粼粼的金波，才兴尽乘上轮渡，回到了九江。

后来，我的母亲说："别看外婆家的家境不好，但是对孩子的教育却是最好的。只要有客人来，孩子一定是等客人吃完了才端碗吃饭的。"彼时，舅舅、舅妈家的生活过得很艰难。外公去世得早，外婆一个人拉扯大七个孩子，舅舅是她唯一的儿子。外婆和自己的七个孩子在这间低矮的木头屋子里，一直过了很多年。舅舅、舅妈结婚后，一连生了四个女儿，直到第五个才是男孩。这么一大家子就靠着舅舅在小池船运公司的工资生活，日子过得紧巴巴。这盘藕圆子应该是舅妈准备用来迎接回娘家拜年的女儿们的菜，却被我和我的同学们吃掉了。不敢想象，在春节来临之前，舅妈又要节衣缩食做藕圆子。几十年过去了，舅妈的眉梢稍纵即逝的难色，一直都留存在我的记忆里，让我很是愧疚。

后来，舅舅、舅妈家的四个女儿出嫁了，唯一的儿子五毛外出工作赚钱养家，成了亲，生了个儿子。舅舅、舅妈家的生活改变了很多。再次吃到藕圆子，我的忐忑好多了。有一年去拜年，我问舅妈："藕圆子是怎么做出来的？"

舅妈说："这做藕圆子不能着急，得慢慢来。先要在菜场溜溜圈，找那种厚实白净的水藕，回家后将藕削皮洗净，放在一个大盆子里。还要准备一个擦蓉器，这是一种铁皮制作的工具，有点像古代打杖用的盾，比手掌大一点，上面是一排排的小洞，细若针眼。待一切准备就绪，就坐在盆前，左手斜竖着擦蓉器，右手握住洗净切段的藕，在擦蓉器上来回地擦，用力地擦，使劲地擦。随着手的力度，从细小的针眼处擦出藕蓉和藕汁。藕块大，擦得也快。随着藕块的变小，擦藕蓉就不好着力。五个手指头还得一个接着一个跷起兰花指，最后只剩下大拇指和食指。当全部的藕块擦完了，盆里留下的是藕蓉和藕汁。汁水多了，要控出水分，让藕蓉变得干爽。然后，将洗净的姜块也擦成茸。再取出两枚鸡蛋，敲开蛋壳，把蛋清放入藕蓉中。最后将剁好的肉末倒入盆中，加入几勺食盐搅拌均匀。油锅烧热后，把捏成圆形的藕圆子放进油锅，在翻滚的油锅中煎炸几分钟，捞出来，沥干油，装盘就可以了。这样做出来的藕圆子不会坏，便于保存。做菜的时候，还要加工一下。先围着锅边洒点水，注意火候，添加一点盐、白胡椒粉以及自己喜欢的作料。待藕圆子变得红酥温软，就可以出锅了。"

我注意到舅妈右手的食指上有一块疤，记起了母亲跟我讲的故事。前几年，因为要照看五毛的孩子，舅妈在擦藕蓉的时候没有注意到藕块变小了，一把力气下去，一阵钻心的剧痛让舅妈疼得眼泪都下来了。食指的第二节一小块皮肉，连同小藕块一起被擦蓉器擦掉了。那一年的藕圆子里，掺了血。

舅妈对莲藕情有独钟，每次去拜年，以莲藕为食材做出来的菜五花八门，如炖莲藕汤、煮莲藕粉和小炒莲藕丝等，在味道上有咸的、辣的和淡的。这些莲藕菜品带着泥土的醇厚、长江水的清香，都很好吃。但停留在我舌尖上的、念想的，还是这道藕圆子。

对于大多数人而言，喜欢吃藕，也许是因为藕既经济实惠，又好吃有营养。于我而言，喜欢吃舅妈做的藕圆子，是因为舅妈做藕圆子用的藕是从云梦泽国的淤泥里长出来的，又掺和了这块地里长出来的杂粮。

还有一个很特别的原因，那就是藕圆子是用长江水混在面里揉捏出来的。

舅妈说："平时难得吃藕圆子，只有过年，才可以炸得几盘，而且一定要炸得圆圆的才行。"

豆　粑

年前，一位朋友的老父亲给她寄来了一点家乡的特产，她送给了我一小袋。解开袋口，一条条卷曲的豆沙色的食品出现在眼前。我惊喜地叫了起来："豆粑！"

朋友的父亲住在九江，这些豆粑是他亲手做出来的。九江与黄梅隔着一条长江，遥遥相望。傍晚回到家，我迫不及待地抓起几把豆粑放进水盆里浸泡，切好腊肉和萝卜丝。将油锅烧热，把腊肉和萝卜丝烧好，不出锅。从水盆里捞出豆粑丝，放在腊肉和萝卜丝的上面。再放入适量的水，盖上锅盖，小火慢慢地焖。等豆粑丝入了腊肉的香和萝卜丝的甜，水也就快干了。揭开锅盖，翻炒均匀，撒上作料和小葱。一盘豆香纯正、豆味浓郁的炒豆粑就出来了。

很久没吃到豆粑了，更不用说这样纯正的豆粑味了。唇边留存着豆粑香，我的味蕾跨过了长江，飞到了我的故乡湖北黄梅龙岗湖王家埠。

这是一个典型的农家小院。三间青砖大瓦房，一圈青红混杂的围墙，墙边种了几棵高大的水杉，它们共同围成了这个院子。院里，因为种植树木，一年四季都是绿色的。

幼年的我在这个农家小院子里住了三两年，记得常吃豆粑粥。那时候婆婆还在，家里用的是土灶。一个大锅，一个鼎罐，还有一根长长的烟囱通向屋顶。青烟袅袅，在屋顶上的杨树间萦绕。小小的灶房，墙壁被熏得黑魆魆的。灶房里的角落里有一小堆棉花秆。婆婆往灶膛里塞了一把棉花秆，手顺势在腰间的围兜上擦了擦，转身抓了几把浸泡在木盆里的豆粑丝放进锅里。锅很大，水有大半锅，正烧得沸腾。豆粑在沸水里上下翻腾。婆婆加点油盐，丢下几片青菜叶，又煮了一会儿。米香豆香混杂着青菜的香，引起了我的食欲。一碗就可以饱肚子，而且好吃有营养。

后来，婆婆跟着我们来到庐山脚下的地质大院，为我们打点一日三餐。父亲、母亲虽然都是拿工资的人，但外婆家的日子过得很艰难，母亲总是省吃俭用，一则要维持家用，二则还要周济外婆家。那一碗豆粑粥，也只能是在一些特殊的日子里，才能享用，比如过大年，再比如中秋节。因为难得吃，所以当有豆粑粥吃的时候，就觉得那是全天下最好吃的。直到现在，依然是我味蕾深处的美味，舌尖上的快乐。

后来，婆婆以九十岁高龄离开了我们。已经有些年，没有看见豆粑了。我以为自此再也吃不到豆粑粥了，没想到，在湖北老家王家埠的姑姑家，我又能够继续享受豆粑的美味。

春节期间，我们去王家埠给姑姑拜年，还要去祖坟山给已故的公公婆婆上坟。姑姑是细婆婆抱养的女儿，原本没有血缘，但姑姑生的两个儿子是我表叔的孩子，又因为走得近，我们是比亲人还要亲的亲人。已经过了六十岁的姑姑声如洪钟，笑声不断，头发微微卷曲，也没怎么打理，却乌黑油亮，显得很精神。

姑姑是个好劳力，不仅把九十六岁的细婆婆的生活照料得妥当无忧，还将家里上上下下打理得妥妥帖帖。前院后院，除了小表弟侍弄的花草，就是姑姑种植的蔬菜。一年四季，家里的餐桌上都能看见时鲜的蔬菜。好几次，在饭点的时候，姑姑跑进后院的菜园子里，拔出一棵莴苣，或者掐几棵香葱，再或者拔出几棵青菜，摘下几个辣椒、西红柿……然后穿过堂屋，去前院右侧围墙边的水井旁，拿开井盖，扔下井绳，打一桶冬暖夏凉的井水。就着井边的水泥地面，洗净菜蔬。待菜蔬沥干水，又穿过堂屋回到后院的厨房。厨房是表弟特别搭建的一间小屋，一个农家常见的烧柴火的大灶，大灶上有两个出火口，分别放置了一口大铁锅和一口鼎罐。靠窗的地方，是一排案板。姑姑把菜蔬放在案板上，娴熟地切菜，入锅，翻炒，撒料，出锅，装盘。看着姑姑出菜的过程，我想起父亲、母亲的家，他们也是住在菜场旁。下锅前去菜市场买菜完全耽误不了多少时间，但父亲、母亲买的菜，无论如何也比不得姑姑家菜园子里的菜来得鲜嫩可口。

姑姑家院里的蔬菜好吃，但在我的味蕾里，姑姑家的豆粑是比蔬菜更好吃的美味，是云梦大泽的味道。

那年春节，一路北上，我们于下午 2 点到了姑姑家。姑姑正在灶下烧火，听得我们的声音，迎了出来。桌上已经备好了我们的午餐，有不少湖北特色：大盘鱼、清炒莲藕、螺蛳肉、酸豇豆、孔垄酱干、鱼丸子炖排骨汤……还有姑姑自家菜园子里的蔬菜：蒜苗、青菜、芹菜、莴苣、冬笋、白萝卜……仅仅看到这些，就足以让人嘴馋。一会儿，姑姑从厨房里走过来，手里端着一个盘，唱歌一样："豆粑来了！"

这是一盘炒豆粑。一眼看去，蒜青蛋黄豆红，一条条丝一样卷在盘子里。用筷子夹它起来，丝滑柔软。吃到嘴里，入口即化，香润浓郁。放下筷子，仍是回味无穷，心里只有两个字：地道。

饭后，我和姑姑坐在沙发上聊天儿，才知道，家里的豆粑是姑姑做的。

姑姑说："制作豆粑要先选质量上乘的籼米，这样制出的豆粑才有韧性，还要选好小麦、荞麦等，或者选几样自己喜欢吃的豆子，比如黄豆、绿豆之类的。做的时候，把选好的食材洗干净，按比例配好，一般是十斤籼米配三斤杂粮，然后浸泡。这个时间较长，要有耐心，大概十四个小时。之后，沥干水。再将这些杂粮和豆子按 5 比 1 的比例匹配，兑好水，用石磨子磨成浆。如果没有人帮忙，这个工序就挺累人的。一只手转石磨把子，一只手扫米、豆，不能停。磨久了，手臂酸胀酸胀的。把这些米、豆磨成浆汁之后，就要烫豆粑饼。这是最复杂的，需要好几个人一起来做。要有一个会烫豆粑饼的人站在锅边，等锅烧红后用丝瓜瓤蘸油擦锅，用长柄瓢舀半瓢豆粑浆，沿锅边均匀而下，涂抹成薄薄的一层。这个过程动作要快，不能粘锅，用河蚌壳迅速刷匀，使薄饼厚度一致。盖上锅盖，约五分钟，翻过豆粑饼烫另一面。一分钟左右，豆粑饼的两面略显金黄。看好时机，迅速出锅。这样，一张豆粑饼就烫好了。接下来是冷却。烫豆粑饼的人把烫好的豆粑饼铺在倒放过来的竹簸箕上，等候在旁边的人立刻把它端走，放到屋外一个扁平的大晒筐中。等豆粑饼冷却后，另一个人就要把它折成长一尺五寸、宽一寸半的长条状，有条不紊地切成豆粑丝。最后，把这些切好的豆粑丝抖散、摊开在扁平的大晒筐中，直到晒干，就可以储藏起来。"

姑姑说："说起来容易做起来难。做豆粑的时候，一定要注意各种原料搭配的比例、磨浆的粗细以及烫豆粑的火候等等。稍不注意，做出来的豆粑不仅颜色不佳，还不好吃。"

尽管做豆粑不容易，但王家埠的人是一定要制作豆粑来迎接新年的，姑姑也不例外。一般在秋收后农闲时，趁天气晴好做豆粑。也有人喜欢在中秋节这天做豆粑，人多，热闹，帮手也多。做好了，煮一大锅豆粑粥。无论是做豆粑的，还是看热闹的，每人一大碗。整个院子，弥漫了豆粑香。

豆粑是长江中下游沿岸的一种特产，尤其盛产于湖北、江西、安徽等地区。所以，朋友和她的父亲喜欢吃豆粑是情理之中的事。年前，朋友写了一篇短文，其中有这样几句："我的父亲从乡下寄来几斤豆粑。这是过去九江和江北人的一种美食。我拿一点送给陈老师。她一看到，就惊喜地叫起来：'哇，这么好的东西！这是小时候的美味！'于是，她兴致勃勃地讲起童年的美食：豆粑，藕圆子，鱼面……恨不得手舞足蹈。我想，陈老师就是这样一个有趣味又有情义的人。"

　　我不知道我是不是一个有趣味又有情义的人，但有一点我敢肯定，我喜欢吃故乡的鱼面、藕圆子和豆粑。

母亲生病了

5月初的一个清晨，还在睡梦中的我接到了母亲的电话，她说心脏不舒服。

母亲患有高血压和心脏病多年，身体一直不大好。平日里，接到我的电话，母亲总说没事。八十岁之后，母亲的身体每况愈下，但依旧操持自己和父亲的生活。父亲也是九十二岁高龄的老人，年龄大了，生活起居亦有诸多不便。父亲、母亲生怕打扰了我们的工作，每每面对我的问询，总是说："还好，还好。"

弟弟、弟媳在外地工作，年幼的儿子没法照顾。父亲、母亲在九江退休后，就来到省城，帮忙照看孙子。这么多年过去了，小孙子长大了，父亲、母亲也老了。看着父亲满头的白发，母亲佝偻的腰背，还在上班的我多次提出请一个钟点工来帮衬着生活。父亲总是说："不用，我们还能自己照顾自己。"母亲之前一次中风，两位老人都没有告诉我们。一次周末，我回家看望父母，发现母亲蜷缩在沙发一角，眉头紧蹙，神色黯然。我赶紧把母亲送到医院，母亲才得到救治。

母亲第一次中风，在医院住了十多天。回家后，右手明显不如从前，经常握不住物品，甚至于去阳台收晒干的衣物，颤抖的手根本就收不住衣物。见父母生活日渐不易，我想让父母到我家去住。父亲说："你家那么小，还有个带小宝宝的保姆，人太多了。"母亲也说："还是两个人清净，自己也要多活动多锻炼，手慢慢地会灵活一点。再说了，你父亲会煮饭，为了减轻我的劳动，现在也会炒炒家常菜了。"母亲还说："我们还是可以照顾好自己的。"我也就只好作罢，能做的就是常回家看看。远在外地的弟弟、弟媳也不放心，常是电话联系。父亲属羊，母亲属牛。两位老人共同生活了一辈子，也吵了一辈子。母亲不知说了多少回，角对角，触角一辈子。这话也许有些道理，父亲和母亲就常为了鸡毛蒜皮的小事争吵，有时候吵得很厉害。在岁月的风风雨雨中，他们吵来吵去，但就是没有分开。不觉吵了一辈子，如今都已是耄耋老人了。

母亲第二次中风后，右手、右脚明显更不听使唤了，常因右脚没有跟上，走路不稳而摔跤；右手拿着扫把或锅铲干活，干着干着扫把或锅铲就从手中落下了。母亲就扶着桌子蹲下身子，弯下腰，把扫把或锅铲捡起来，继续忙着自己和老爸的衣食住行。因为手脚不便，母亲就常和父亲手牵手下楼，一起去菜场买菜。母亲家对面的七楼，住着一位从九江来的魏婆婆。也许是乡音亲切，两位老人走得很近。天气不好的时候，就煲电话粥；天气好的时候，相约出去散步。开始是在楼下走走，走得很慢。后来，母亲腿部的力量大了一些，就走得远一点，绕着铁路二村走。一圈下来，近乎一个小时。当然，是走走停停，遇到坐的地方就歇歇脚。就这样，风里雨里坚持了一年半载，母亲的右手、右脚竟然奇迹般地灵活了起来，生活基本能自理了。遗憾的是，母亲的右脖颈动脉因为两次中风留下了斑块，减慢了血流的速度，在以后的生活中，很大程度上影响了母亲的生活质量。但每每问及母亲的身体状况，母亲总是说："还好，你们也忙，没事我就不打电话。"

这次接到母亲的电话，我知道母亲真的病了。

开车赶往母亲在老福山的家，大约用了四十分钟。走进父母住的四楼，母亲陷在客厅的沙发里，低垂着脑袋，神色黯然。见到我们，老父亲说："昨晚上你妈妈心口疼，一晚上都没有睡觉。"我蹲下身子看着母亲说："为什么不早点告诉我？"母亲缓缓地半抬着头，满脸倦容，声音很微弱，不断地喘着气："昨晚上……心口很闷……大口地喘气……出了一身的汗……从来没有过……的现象……现在……很难受……"

从家里出来，我就带了衣物，做好了陪母亲住院的准备。从母亲家里出来的时候，也为母亲带了些生活用品。我叮嘱老父亲，要自己照顾好自己，有事打电话。省城的三甲医院，在寻常情况下，是一床难求的。夫开着车，我们一同送母亲去就医。通过了医院的安检，我搀扶着母亲走进了门诊大厅。发现昔日熙熙攘攘的门诊大厅此刻是出奇地安静，患者并不多。我们挂了个普通门诊。门诊医生是一位三十多岁的女博士医生。她看了看母亲的状况，简单询问了一下，迅速给母亲开了住院单，让我们先去门诊一楼一站式服务中心做检查，然后直接去住院部十三楼办理住院手续。住院如此快捷，有点出乎我的意料。在来医院的路上我还寻思着，万一住不了院，我们还得想办法。现在，母亲能顺利住院，反倒让我有些担心了。

在住院部一楼乘坐病患电梯，上了十三楼。出了电梯口，迎面就是住院部十三楼的病区。扶着母亲朝病区走去，看见病区的唯一出入口处，白色的对开门是紧闭的，门口横了一张桌子，桌子的后面坐了一个男保安。男保安粗黑的眉毛，黧黑的面孔，给人一种六亲不认的威严。男保安黑着脸检查完我们进入病区的材料之后，按下了遥控器，那两扇紧闭的白色对开门开了。走进这扇对开门，迎门是一个 U 形护士站，管理床位的护士见我们来，敲着电脑，滚珠子一样说了一段话："医院实行特殊管理，一病一陪护，不得有人探望。另外，病人和陪护也只能是在检查的时候才能走出病区的门，其余时间不准离开。如果觉得约束，你现在就可以离开这里。如果想要治病留下来，就要遵守医院的规则。"

母亲生病了，我们来的目的就是治病，还在乎什么要求或条件吗？我立刻说道："没问题，我一个人留下来陪母亲。"

住进了医院，把母亲交给了医院，眼前有医护，仿佛生命有了保障一样，我的心落了下来。

接下来两天，我和母亲在医生开的检查单中忙碌着。从住院部的十三楼到住院部二楼，从门诊大楼的四楼到门诊大楼一楼，医生开具的需要检查的项目很全面。抽血、大小便化验、B超、心电图、彩超、CT、磁共振……几乎全身的器官都被冰冷的仪器扫过了一遍。每次做完一个检查，母亲总会说身上冷，要晒太阳。我们就在住院部和门诊大楼之间的空地上走一走，活动一下腿脚，然后找一处有阳光的座椅，坐在光影里，说说话。医院地处省城的中心城区，黄金地价，能有一个院子是不容易的。5月的风日很温暖，母亲只想多晒会儿太阳。我就陪着母亲坐在阳光下，静静地，看眼前匆匆走过的医护，也看那些脚步迟缓的患者。

母亲其实是害怕检查的。住院当日，护士走进病房，让母亲挽起袖管，用一根黄色的牛皮筋带子系紧了母亲瘦削的胳膊。护士娴熟地将一根针扎进了母亲的动脉血管，之后就是抽血。一管，两管，三管，四管，五管……十一管，护士整整抽了十一管。护士走后，母亲吸着气说："抽这么多血，身上的血都抽光了。"在B超室，不知是不是检查的女技师过于年轻，还是母亲的病情过于复杂，两位女技师在母亲的心口处做超声近半个小时，讨论了好一会儿，还是不敢下结论。母亲躺在冰冷的检查床上，裸露着胸脯，一动不动，让那个仪器的探头在胸部来回地摩挲、按压。近半个小时，阴暗的光线，窄小的检测床，本就怕冷的母亲身体在微微地颤抖。两位女技师还是无法下定论，只好请来了一位中年女技师，两位女技师喊她老师。中年女技师弯下腰，语气温和地让母亲侧位躺着，在仪器的探头上涂抹了一点耦合剂，开始移动超声探头探索母亲的心脏世界。

我站在检测床边，两眼盯着中年女技师操作台上方的显示屏，看见了一些红红绿绿的小点，在探头的区域内闪闪烁烁，发出哗哗的声音。那是一种很奇妙的声音，规律，震耳，带着伸缩的旋律。很快，中年女技师把探头定格在一处，并向两位年轻的女技师进行图像讲解。我这才明白，这是母亲心脏血流的动态，我听到的是母亲心脏血流的声音。母亲心脏血管壁的一侧增厚淤堵，血流在此处朝另一侧血管壁冲击，时间久了，就形成了一道弯。我盯着这个血流的弯道，宛如看见了千里黄河在贺兰山弯出了个银川一样，眼里满是新奇。

　　这次超时的心脏B超检查在这位技术娴熟的医生的解说下，终于结束了。过了好长一段时间，母亲都会用手抚摸着心口说："那个探头按压在胸口时间太长了，心窝窝一直疼。"至于磁共振，母亲是非常不愿意做的。母亲说："现在年龄大了，心律失常，头晕，听不得那样尖厉刺耳的声音，心脏很难受。"但是医生开了单子，不去检查又不能给医生一个交代。母亲只好硬着头皮，闭上眼睛，把自己花白的头塞进了那个硕大的仪器里。站在磁共振的室外，隔着那道厚厚的门，我清晰地听到了门内传来的巨大的轰鸣声。数分钟后，母亲被我搀扶着走下了检测台。母亲瘦削苍白的手紧紧抓住我的胳膊，身子依靠着我，紧闭着眼睛。我能感觉到母亲的身体在轻轻地颤抖。

　　最后一个检查地点在门诊大楼的四楼，为监测站。医生在母亲的脖子上挂了一个测量血压和脉搏的监测仪，在母亲左手的手指上套上了指环一样的监测器。医生再三叮嘱母亲，两件仪器要一直挂在身上，二十四小时之后才能摘下来。在脖颈上挂一个测量血压和脉搏的监测仪，对于健壮的人来说，不是很重。但对于脖颈本就有血管堵塞的母亲来说，感觉很是压迫。从监测站出来，母亲几乎是全身披挂。叮呤作响的监测仪器，让行动不利索的母亲走路越发缓慢。母亲就用胳膊肘托住挂在脖子上的监测仪，在我的搀扶下，一步一挪回到了十三楼的住院部。

回到病房，母亲累极了，将自己放倒在 15 床上。我替母亲盖上被子，小心翼翼地把母亲身上的监测仪一一放好，又把那些纵横交错的粗黑连接线整理平整，安放在母亲的被褥旁。母亲的两眼闭合着，两手乏力地放在白色的床单上，似乎睡着了。我坐在母亲的床前，默默地看着母亲，看着母亲的心口微微起伏，偶尔看一眼窗外。窗外，是一家中医院。中医院高耸的门诊大楼与母亲治病的这家综合性医院的住院部大楼高度差不多。一中一西，在天高云涌处遥相呼应。两座大楼的中间隔着一条宽阔的马路。任何时候，这条马路都是车水马龙，显示了这座城市的现代与繁华。

　　监测结果和检查结果出来了。不出母亲的预料，高血压和心脏病依旧是主要症状，其他伴生的疾病也不少，肝肾囊肿、胆结石等，都是母亲早年就有的毛病。随年龄增长，母亲又增添了一些新的疾病，最明显的是冠心病，这是老年人的常见病。从监测报告来看，母亲身体里唯一健康的地方只有脾脏，完好如初。对于检查结果，母亲很是释怀。母亲说："活到了八十六岁，没有病那才叫奇怪呢。"

　　接下来，该是医生根据母亲的检查报告，给出治疗的方案。母亲说："现在是用药来维持生命了。"说这话的时候，母亲一脸平静。我却低垂着眼眸，内心莫名地生出了些许伤感。

造　影

　　母亲八十六岁了，因为夜间突发心脏病，住进了医院。住院这几天完成了医生开的各种检查，上下奔波，很累，身体越发虚弱，但母亲没有一句抱怨。母亲说："好好的就不会来医院了，但凡来医院，还不是因为身体出了状况。所以，既来之，则安之。"对于这几天的检查，母亲都是倾力配合，尽管有些检查项目会让母亲感觉很痛苦。

　　入院第三天，母亲的各项检查指标都出来了。医生来查房说，母亲的心脏有些异常，需要再做一个造影检查，确定是不是患了冠心病，看看心脏血管是否有堵塞，也好在接下来的治疗中对症下药。

　　早些年，母亲就知道自己患有心脏病，长期以来，药一直当饭吃。所以，面对医生说的心脏有疾，母亲不以为然。我问医生："怎样解决心脏血管局部狭窄的问题？"医生不假思索地说："最常见的解决方法，就是放支架。"母亲一听这话，立刻有点激动起来，挥着右手摇着头，鲜明地表达了自己的态度："坚决不装支架。"医生解释道："老人家，您的心脏病有点复杂，如果不想放支架也没关系，可以想想别的办法。但最好做个造影，检查一下是否有冠心病。"医生耐心地说："心脏病有好多种，每一种病状，它的治疗方式都是不一样的。为了治好病，还是要做个造影检查，好及时解除病灶，让自己的生活品质好一点。"

母亲拒绝心脏安放支架是有原因的。母亲有个年龄相仿的邻居，心脏一直不好，前几年装了支架，凡事过得小心。今年年初，天空一直阴雨绵绵，直到 3 月中旬，才见得一个太阳天。于是，这位邻居忙着把家里潮湿的衣被搬出来晾晒。谁料想，在晾晒过程中，因为身体频繁地触碰阳台，尤其是胸脯挤压坚硬的阳台导致支架断裂，刺破了心脏血管。衣被尚未晾晒完毕，这位邻居就倒在了阳台上。家人急忙把她送到医院，却已无回天之力。

第二天查房，医生又劝母亲做一个造影检查，医生说这对确诊心脏病的病情是有很大指导性的。母亲丝毫也不迟疑，依旧选择了拒绝。俗话说，隔行如隔山。虽然医生说得很专业，也很有道理，但对于心脏造影我是第一次听说，也不了解。若母亲不同意，我是断然不敢擅自同意的。母亲之所以抗拒在身体里安装异物，也是因为爱惜自己的身体。母亲曾不止一次跟我说，她活到这个岁数了，还从来没有在身上动过刀子。不像我，还没到六十岁，肚皮上就像开了花。面对母亲的唠叨，我也只能苦笑。

自母亲住院后，我每天都会和在广西工作的弟弟联系，告知母亲在医院里诊治的情况。我把医生要求母亲做心脏造影的意见转给弟弟。弟弟说他也不知道要不要做，但他认识一位专家，可以咨询一下。很快，弟弟给我发来了一条信息截屏。弟弟说："那位专家说检查一下也可以。"于是，我又在百度上查了一下，了解心脏造影相关的知识。百度信息显示，心脏是个很复杂的部位，一般的 B 超难以检查出心脏的疾病。造影只是另一种检查方式，它可以帮助我们查看肉眼看不到的地方，于微小处发现病症，从而帮助医生确定治疗的方案。我自以为是地理解为造影检查就像是之前母亲经历过的各项检查，是在肌肤的外表进行的。在此之前，母亲最难忍受的检查就是磁共振。还有什么样的检查可以比磁共振更让母亲难以忍受呢？如果是这样，听医生的话，做一个造影检查也未尝不可。于是，我们和母亲达成了共识，只是检查，绝不放支架。经得母亲的同意，我在母亲的造影单上签下了我的名字。

母亲节前一天的中午，一位护士来到病房，说是来接我们去做检查。我和母亲一同走出了病区的门，走进了同楼层的左侧。眼前是个两开门，泛着青灰色。左门上写着：手术重地；右门上写着：闲人免进。在门口，我被护士拦住了脚步。母亲在护士的引导下走进了大门。两扇门关上的那一刻，母亲回头看了我一眼。不知道为什么，我的心突然有一种异样的感觉，紧缩了一下。两扇门在我的眼前闭合上了，我站立了一分钟后，转身在一旁靠窗的椅子上坐了下来，这是医院常见的铝制座椅，前后两排，大概是为进入手术室的病人的家属们准备的。此时，椅子上已经坐了几个人。我抬起头，看了一眼正前方，墙上有一座石英钟，时间指向12点半。石英钟下是一个三面玻璃的大窗，窗根下摆放了一张病床，一个青年男子正半躺在病床上，大声地打着电话，声音喧嚣而刺耳。我身边坐着一个年轻女子，面容寂静。坐了一会儿，身边的女子起身说："我也要去推病床了。"我醒悟了一样，也想去推病床。守门的门卫却对我说："他们的手术是从大腿根部进入的，你的母亲只需要一张轮椅。"

我回到了病房，在U形走廊的尽头看见了几张轮椅。我快速地推出一张轮椅，回到手术室门口。坐在门口的椅子上，眼睛紧紧地盯着手术室的门。几分钟后，那位面容寂静的女子推着病床来了。依墙安置好病床后，女子默默地坐在了我的身边。十几分钟后，身穿绿色手术服的医护开了门，把女子的病床推了进去。几分钟后，手术室的医护打开了门，推出了病床。女子迎上去，看了一眼病床上的病人，推着病床回到了病区。不久，手术室的门又开了，打电话的男子也推着病床出来了。躺在病床上的女人六十多岁，身形瘦小，脸色蜡黄，凌乱而花白的短发散落在白色的被单中。

172

等候区只剩下我一个人了。我抬头看了一眼挂钟，时针指向 1 点 20 分。医生说过，母亲只是检查，很快就会出来的。果然一会儿，手术室的门开了。我以为是母亲出来了，急忙迎了上去。一位身着绿色手术服的医生喊着我的名字，让我进了这两扇门。这是手术室的前厅，一个导医台，一圈藤椅，再就是一个电视屏幕。相比较门外的温度，这间前厅有点冷。身着绿色手术服的医生直接把我带到电视屏前，手指触屏了几下，露出一个巨大的不规则的球囊，四通八达一大串相互关联的黑色的线条，粗细不均，盘根错节，像一根巨大的老树桩霸踞在大屏幕上。

医生说："这是你母亲的心脏血管图。"作为陪护第一次走进手术室的前厅，已经让我的脚步不敢走动，现在又走近大屏幕，如此近距离地观看母亲的心脏血管全图。我屏住了呼吸，直呆呆地站立着，眼睛被屏幕牢牢地吸住了，忘却了自我，也失去了认知，直到这位身着绿色手术服的医生喊着我的名字。

医生指着大屏幕上的一个极细的血管说："你看，就是这里堵塞了。"顺着医生手指的方向，我看见了一条黑色的游龙，从那颗巨大的不规则的球囊里蜿蜒而下。自上而下，由粗到细，直至屏幕的下方，游出屏幕之外。在屏幕的中下方，这条游龙的腰部，像被一根绳子捆扎了一样，突然变得很细。这一小段细丝一样的血管，宛若被命运扼住了咽喉，呼吸不畅，使得两端相连的血管更加膨胀了。

这就是母亲变了形的心脏血管图，这就是母亲需要检查的心脏部位，这就是母亲心脏的病灶所在。不知道为什么，我的心突然抽搐了一下，好像我的心脏也有一处，正在被捆扎，被扼住，被收缩，使得我全身乏力，无法动弹。我的胸口忽然有了一种难受的感觉，那是来自心窝窝被捆扎了，无法呼吸、窒息般的难受。

医生的话飘进了我的耳朵里："你母亲这里堵塞超百分之九十，需要撑开，要搭支架。但是你母亲不同意，你进来跟她沟通一下吧。"

我终于回过神，明白了我现在在哪里，要做什么。我很明白地告诉医生："我母亲是不同意搭支架的。"医生也丝毫不迟疑地说："还有一种方法，可以用药物球囊，同样可以起到支撑扩张的效果，而且也可保持一辈子。"执着而专业的医生让我无法拒绝。母亲还在手术台上等待着医生执行手术，我只想让母亲早点下手术台。此时的我不能有自己的想法，不能坚持母亲的初衷。时间极短，我只能匆匆地看了一眼医生早已准备好的手术单，在医生的指点下，在知情同意书上找到药物球囊这一栏，在后面的圆点上打了"√"，签上自己的名字。之后，在医生的示意下，换了拖鞋，随医生又往里走了一段，一直走到手术室门口。

这是一个非外科医生和患者永远无法触及的领地，一个高冷和神秘的领地：一间比病房大许多的房间。房顶上横七竖八牵连着巨大的支架，亮着雪白的大灯，聚焦正中一台巨大的手术床。房间的四周布满了仪器，叫不上名字，都在闪着光。整个手术室只有一种颜色，通体雪白，白得刺眼。我怔怔地，看不见我的母亲，但我看见了那个巨大的白色的手术台。我的母亲应该正躺在那个巨大的手术台上，一堆白色的布覆盖了她的身体。此刻，偌大的手术室空荡荡的，只有我的母亲一个人孤零零地躺在那张巨大的手术台上。

领我进来的医生示意我止步于手术室的门口。紧连手术室的右侧，有一个小房间，这里有几个人，都穿着绿色的手术服。他们一个个端坐在桌旁，看着眼前的电脑。这个应该是微创手术操作间了。

医生说："你母亲的心脏条件都这样了，还不肯做支架。已经走到这一步了，再往前走走，只要二十多分钟。为了你母亲的身体健康，你劝劝她吧。"

我的眼泪在眼眶里打转转。我站在手术室门口，对着那张手术台大声喊了起来："妈妈，是我！我来了！我在这里！"立刻，我看到了那堆白色的布动了一下，瞬间抬起了一颗苍老的头颅。白多黑少的头发在那一堆的白色中是那样显眼，蜡黄瘦削的脸上，一双惊恐而无助的眼睛直直地朝着声音的方向，寻找着我。那是我的母亲啊！是我的母亲啊！母亲是近视眼，没有戴眼镜的母亲根本看不清我站在那里，只能凭声音来寻找我了。我听到了母亲嘴里发出来的啊啊啊的声音，那是含混不清的喊声。我知道母亲是在喊我，在喊我去帮帮她，她想要起身离开这里。我的眼泪哗地下来了。

眼前的手术重地，我不能踏进半步。我别无想法，只想早点结束这台手术，让母亲早点下手术台。于是，我忍住了情绪，平静了心情，大声喊道："妈妈，你放心。我们不放支架，只是放一个药物球囊，可以扩张血管。我就在这里！我等你出来！"

母亲花白的头发沉重地落进了那一堆白色的围布中。

我被医生礼貌地请出了手术室，请出了前厅，那两扇泛着青灰色的手术室的门在我的面前关上了。我怔怔地站着，定定地看着面前的这两扇门，看着上面的两行字："手术重地，闲人免进。"

二十分钟后，一位护士打开了手术门，又把我喊了进去。还是刚才那位医生，他特别为我展示了母亲造影前后心血管的对比图。在医生的示意下，我很快找到了那根细血管。术前那根似乎被捆绑了的细血管，因为放置了一颗药物球囊而撑起来了，鼓起来了。医生的话在耳旁响了起来："你母亲的造影手术效果很好。"我没有说话，默默地看着屏幕上的这条血管，默默地看着那些趴在电子屏上的心脏血管，它们从一个巨大的囊球状的物体内部分流而下，然后，或粗或细，或弯或直，全都蜿蜒爬行在这面屏幕上，像一条条巨大的蜈蚣，覆盖了这面阔大的屏幕。

造影手术的时间被医生拿捏得很准，又过了半小时，将近 2 点，手术室的这两扇青灰色的门开了，医护将坐在轮椅上的母亲推了出来。

手术室的门在我们的身后重重地关上了。母亲整个身体蜷缩在轮椅中，蜷缩在那件薄薄的羊绒衫里。母亲的头发像一蓬秋天里的枯草胡乱地堆叠着，眼睛紧闭着，脸上黄中透着灰，皱纹更深了，平时爱唠叨的两片嘴唇毫无生气地闭合在了一起。母亲的身形是那样单薄，在 5 月母亲节到来的前一天，神情萧瑟，一如旧年冬日里风中的寒荷。

我的内心五味杂陈，很想跟母亲说点什么，却什么也说不出来。我接过护士手中的轮椅，小心地向同层的东区推去。坐在轮椅中的母亲低着头，蜷缩着自己，我分明能感觉到轮椅上的老人瑟瑟发抖，我的双手随着轮椅在颤抖。母亲这是经历了怎样的疼痛，才会让自己和轮椅一起颤抖啊。

推着轮椅，我绕过任何一点视线中的不平。其实，这是我的一种错觉。一家位于城市中心的条件好得很的三甲医院，病区的路面怎么可能凹凸不平呢？

母亲终于躺在了病床上，还是发抖。我小心地拉过被子，盖住母亲的身体。医护走了进来，在母亲的身上连接了许多管子，贴了很多贴片，说母亲术后需要监控。母亲的左手腕间绑了一件叫不上名的仪器，左手背上还插入了一根留置针，正滴着盐水。两个小时不见，触目的是母亲的右手腕处有一大片青紫。

术后第二天是母亲节。打完了点滴之后，母亲的精神稍稍好了点。看着母亲右手的那片青紫，我欲言又止。母亲轻轻地叹了一口气，气息微弱地说：“当时我躺在手术台上，四五个医生围在两旁。我的双手被捆住了，动弹不得。两只脚似乎也被人按住了，只能听人摆布。但是，我的大脑是清醒的，感觉到有东西把我的右手腕处刺破了，从破口处捅了进去；然后，又往上捅了进去，捅了上去；然后，又往上捅了进去，捅了上去……每一次的捅进去，再捅上去，都有一种胀痛，那是真的痛啊。可以感觉到从手腕上往下流热乎乎的水一样的东西……”母亲闭着眼睛虚弱地说，“那热乎乎的水一样的东西，是我的血啊！”

我轻轻地抚摸着母亲花白的头发，抚摸着母亲瘦削的脸庞。病房里很安静，窗外中医院高大的住院大楼在下午的阳光下，金色中泛出了层层暗红，涂抹在陡立的外墙上。母亲脸色苍白，身子无力地摆放在床上，药液正一滴一滴流进母亲的血管里。母亲的左手腕处绑着一个监测仪器，显示屏上正滴滴地闪个不停，发出单调而枯燥的声响。

母亲已是耄耋老人，血气本就不足。经此折腾，面色越发苍白。右手腕的青紫处隆起了一堆白色的纱布，厚厚重重的，紧紧压着那个出血的洞口。我坐在母亲的病床旁，默默地看着母亲，轻轻地揉搓母亲的右手指头。母亲右手的五个手指头是冰凉的。我小心翼翼地揉搓着，不敢用力，生怕弄疼了母亲，也生怕动作大了，影响了那些正捆绑着母亲让母亲动弹不得的仪器。我就这样坐在母亲的床边，默默地看着母亲。母亲一直闭着眼睛，昏昏沉沉睡着，任由我轻揉她的右手指头。我知道，我的轻揉不能给予母亲多少力量，也不能减轻母亲多少痛苦，但母亲的手太冰冷了，我只想把自己的体温传递给母亲，让母亲受伤的心温热起来。

一切都会好起来的

母亲 5 日入院，7 日手术，术后在医院里恢复治疗了八天。到底是年龄大了，身体机能各方面都比较脆弱，恢复较慢。因而，我们在医院停留的时间较一般患者稍长。

术后的八天里，母亲每天按时吃药，接受护士们各种病床上的检查，包括心电图、血氧检测、预防腿部血栓的外部护理等等，其次就是打点滴。入院时，母亲曾跟医生说过自己常拉肚子，吃不下饭。医生就给母亲开了两瓶点滴，一瓶是护胃，一瓶是扩张血管的丹红。

母亲的手术虽然不大，但是毕竟年高，八十六岁了，血管已处于老化状态。8 日上午，按常规医生来给母亲拆除右手腕上的纱布，这是造影术时，器械从手腕处动脉血管进入而形成的伤口。仅仅一天时间，母亲的腕部靠近手掌的地方，原本黄色松弛的皮肤因为被红色的液体浸泡，显得殷红而疲软。我轻轻地抚摸母亲的腕部，小心翼翼。我有些害怕，害怕因为我的力度过重，那块已经疲软而殷红的创口里，又会冲出一股鲜红——带着包块的血。

两天了，躺在病床上母亲，脸上显出了难得的轻松，捆绑在身上的各种监控仪器被护士拆除了，手腕上没有了负担，一下子轻松了起来的母亲心情好像好了许多。病房里的另外两位病友关切地询问起母亲，母亲也难得地同她们聊了起来。我起身给母亲喂药，发现开水瓶里没有水，就去同楼层的开水房打水。三分钟后，我返回病房，病床上母亲居然不见了，厕所里也没有人。正诧异间，见母亲脚步有点踉跄地从门外走了进来，左手紧紧地按住右手腕的伤口处。

我急忙迎上去，搀扶住母亲，有点责怪地说："你这是去哪里了？"母亲脸色苍白，神色有些慌张，左手紧紧按着右手腕伤口处说："刚才这里冒出来了好多血，而且还是大块大块的血坨子。"我看到母亲的右手腕伤口处又重新包扎上了厚厚的白色的纱布，几圈透明的胶带将母亲瘦削的手腕捆裹得不得动弹，我的心抽了一下，急切地问母亲："是不是这只手用了力？"

母亲眉头紧锁，一副惊魂未定的样子说："你看看别人拆了怎么就没有事？"母亲所说的别人，指的是同病房的13床。这是从樟树来的病人，一位六十五岁的农村婆婆，长得黧黑而精瘦。我的本意不是想责怪母亲，只是担心母亲没有顾及自己的身体，让刚刚结了薄痂的伤口破裂，引发出血。母亲老了，我不能对母亲说太多，只是笑笑说："人家小你二十岁呢。"母亲轻轻地叹口气说道："也是。"

我扶着母亲回到病床上，给母亲盖上被子。母亲的床位靠近窗户，这是一个整面墙的玻璃窗，无论什么天气，视线都是极好的，窗外是中医院的大楼。母亲望着窗外，叹气道："当年你外婆走的时候，是八十四岁，血管全硬化了，针都打不进去。医生没办法，只好切开血管输液。"母亲说到这里停住了，两眼透过窗，一动不动地望着对面那栋大楼。夕阳辉煌，大楼透出一片金色，整个天宇被晕染得五彩斑斓。我把水杯靠近了母亲的嘴边，喂母亲喝了几口水，笑着说："那是以前的事，现在都什么时代了，生活条件和医疗条件都不一样了啊。不用担心，你会好起来的。"母亲喝了一小口开水，示意我放在床头柜上，倚在床头的枕头上，闭上了眼睛。片刻，床头边传出了一声细细的叹息。

处于恢复期的母亲只能在病房和病区稍加活动。医院实行封闭式管理，我这个陪护也只能陪着母亲在病房和病区里转悠。没有了外出检查，病区的医护也就不会给我们发通行便条。我们只能在病区允许的范围内活动。为了方便购物，在护士的指引下，我加入了医院小超市便利群。在医院的日子里，我在这家小超市里，购买了两次香蕉和一些生活用品。因为是独家经营，又是送货上门，价格自然是远超街面上店铺的。

每天，我陪着母亲在病房和病区U形的过道里行走。母亲的身体还很虚弱，在我的搀扶下，最初只能走上两圈，而且走得很慢。不论怎样行走，母亲的左手始终按在右手的手腕处。我知道，母亲那里很疼。

在一日三餐的等候中，我们又走到了傍晚。天气预报说夜里有暴雨，果然天色很快暗了下来。暗夜中，数日来的温暖被从窗外冲进来的大风驱赶得无影无踪，雷电从漆黑的夜空中霹雳而下，似一条不肯将息的白蛇在黑夜里狂舞。雷电和大风席卷了这座城市，夜行的车灯在灰黑色的水汽里有些模糊不清。继而，远远近近的一切物件，在波涛汹涌里翻滚，被狂野的黑色吞噬。

窗外是狂风暴雨，病区里的病人在忙着治疗，忙着闲聊，忙着忙着就累了。还不到9点，母亲和病房内的两位病人相继入睡了，病房里响起了轻微的鼾声。

我毫无睡意，关掉了病房的灯，走出了病房，在医院的U形廊道上闲逛。廊道空无一人，在靠近护士站的墙边，医院特意安放了一台血压测量仪。白天，常有病友在此测量血压。此刻，正是夜静之时，我按照仪器上的说明，将右手臂伸进这台仪器右侧圆圆的检测圈里，左手在仪器的界面上按下了开始键。随着机器的轻微震动，界面上红色的数据在不停地变化，数字一直往上走，我的右胳膊被夹住了，且越夹越紧。大概半分钟，左边的显示屏上出现了三组数据：收缩压108，舒张压55，脉搏 67。对于这些数据，我在百度上查询，但还是不甚了解。第二天我告诉了母亲这些数字。前几年，为了方便母亲测量血压，弟弟特意买了一个家用测压仪。母亲患有高血压、心脏病多年，几乎天天用家用测压仪量血压。母亲听了我说的数据后说："早上测量才是最准确的。"

U 形廊道灯光通明，中间挂在廊道上空的显示屏显示的时间为 22：30。安静的空间响起了病房的呼叫声，护士站那位年轻的女护士从椅子上起身，推着装满瓶瓶罐罐的小车从我身边走过，好奇地看着久坐在血压测量仪桌旁的我。我们只是四目交流了一下，似乎，这位年轻的女护士也希望在这夜深人静的时候，能有个人陪伴她，哪怕只是眼神的瞬间交流。之后，我目送着护士推着小车走进了 U 形廊道尽头的一间病房。

母亲的病来得匆忙，入院也匆忙。来时是初夏阳光明媚的日子，仅仅一个星期，气温骤降，温度从 30℃ 又回到了 20℃。夜深寒意也深，身着单薄衣裤陪母亲入院的我感觉廊道里凉意袭人，不觉打了个寒噤。我离开坐了一段时间的血压测量仪座椅，起了身，回到病房门口，推开了病房的门。

病房里很安静，有小小的鼾声。我轻手轻脚走到母亲的病床前，母亲睡着了。这几日，因为伤口的疼痛，母亲难得像现在这样睡得踏实。借着门外的微光，我走到母亲床边的陪护床。说是陪护床，其实又窄又小，上面半垫半盖了一床薄款的方格小被。这是医院为了方便病人家属，特别定制的坐卧两用的椅子。病患家属只需在一楼的物业处交付三百元押金，就可以得到一床薄被、一张椅子，享受每晚收费十元的小床。早晨 7 点左右，物管会来把睡床折叠成一张坐椅，然后在椅子的腿脚处上一把锁，让它在白天只能发挥一张椅子的功能。到了傍晚 6 点以后，才会有物业的人来打开这把锁，让它成为陪护人员可以蜷缩一晚的卧具。

身边是难得安稳入睡的母亲，窗外是愈加汹涌的风雨雷电。我在这张被称为床的卧具上辗转反侧，感觉自己一米六二的身长必须蜷缩着，才能够让双脚不受寒气的侵袭。一百二十斤的我在这张狭窄的床上翻来覆去，找寻最适合安放的姿势，颠来颠去，让本就不够温暖的双脚更加冰冷，好不容易将自己一百二十斤的身体放平在这张小床上，却又感觉脚指头处似有无数条名叫寒气的线条，它们正从我的脚尖向被子里面探索而行，经脚踝向小腿肚子上行，薄被的下半截宛若浸泡在冰窖里。同时，另一侧落地飘窗的帘子正被风掀起来，从我的发梢、脸颊滑到肩颈，寒凉之意迫使我收缩起了脖子，将薄被拉紧。只是薄被实在又短又小，围住我的上半身却围不住我的下半身。

依旧是寒凉入骨，难以入眠。不觉掀开薄被起身，走到窗前。右侧的窗是在睡前就关上了的，左侧的窗开了一条小缝，上面挂满了我们的衣物，这些衣物在风雨中摇晃。我只能拉紧把手，再次往里使劲地拉回一寸。风雨被狭窄的窗缝挤压得只剩下一线活力，不足以让衣物飞翔。我打了个寒噤，又蜷缩在那张小床上了。

身边病床上的母亲翻了一下身，下了床，朝门口处的厕所走去。母亲的睡眠质量不好，一个晚上深度睡眠也就是三个小时左右，而且还要上三四次厕所。但母亲不会叫我，她不想打扰我的睡眠。我于是继续闭着眼，用耳朵捕捉母亲的细微动作，直到母亲脚步轻轻地又回到了病床上。

夜半时分，风雨愈发猛烈，我更加蜷缩了身子。突然，从那仅剩一丝缝隙的窗口传来了一个女人的哭喊声："啊啊啊啊，我怎么办啊……"这声音是从这栋楼的低楼层传来的，仿佛是从地底下发出来的，尖厉而凌乱。但很快，这声音就被淹没在狂风暴雨的黑夜里。

等一盒有叶子菜的盒饭

八十六岁的母亲因血压高心脏病复发，住进了医院。我陪着母亲在医院里住了十一天。毕竟不是在家里，生活多少有些不便。每天，我们除了完成各种治疗，剩下的时间都用来打发吃饭、穿衣、睡觉和散步四件事了。也许是环境使然，我们更多地感觉到是与日常生活中不一样的衣、食、住、行。

5月5日，陪母亲进入住院部大楼，在楼下的电梯间，看见了电梯专职工作人员。等候了一会儿，我们进入了电梯间。电梯是宽敞的，高速的。我们很快到达十三楼心血管病区，住进了5号病房。病房里有3张病床，护士给母亲安排的是靠近U形走廊的第13床。与13床一墙之隔的是洗手间。病床之间用一条可以牵拉的黄色的布帘子隔开，看不见彼此但隔不了音。因为离窗户较远，当14、15床的两位病友拉上帘子，13床的光线就变得越发昏暗。一病人一陪护，即便是封闭式管理，一间小小的病房常住人员也有五六人。卫生间因为使用的人多，清洁跟不上，尿臊味就如同医院的消毒液味一样，挥之不去。入院第二天，靠窗的病友痊愈出院，我抱着忐忑的心情跟护士站那位脸庞圆圆的护士说想换个床位，没想到这位护士爽快地同意了，但是要求我们自己搬行李。这是必须的，怎能再麻烦忙得脚不点地的护士们呢。

靠窗的 15 床果然地方宽敞了许多，因为病员不多，16 号病床撤了。一张病床拥有了一个半病床的位置，15 床不仅活动的范围大了许多，就连空气都是清新的。解决了"住"的问题，母亲的心情大好，与病友、医护说的话也多了许多。看着宽敞的玻璃窗外云起云飞，我暗自高兴，陪护用的小床有了更好的安置地，就连自己最喜欢的八段锦也有了施展拳脚的地方了。

5 月初的江南，乍暖还寒，在医院，"穿"也是一个问题。母亲忽然发病，我们来得仓促。母亲是穿着厚实的冬装来住院的，我随手捡了几件春装陪着母亲住进了医院。医院是没有冬天的，即便是在寒冷的日子里，病区也温暖如春。在医院，我只需一件薄长袖即可，母亲也脱掉了冬装，长衫外套了一件薄外套。穿衣对于我和母亲来说，不是一件很大的事，即便只有一套换洗的外衣也可以晚上洗、白天穿，干得快啊。但我们的"行"却受到了限制，尤其是母亲做了心脏造影术，那条狭窄的血管被成功安置了药物球囊后，我们也就没了外出的理由。余下的日子里，只能在病区里接受医护恢复性的治疗，在 U 形的走廊里散步。

日子一天天过去，一个很现实的问题摆在了我们的面前，那就是"吃"。在医院，想要调理好一日三餐，可不像在家里那么方便。

其实，在我们进入病区的第一天，我和母亲就为吃饭而头疼。不是没有饭吃，医院食堂的工作人员很尽心，每天早中晚三餐都会送到病区，而且为了病人能够早日康复，小推车上大多是营养汤、蛋、肉，再就是易于下咽的面、稀饭、馒头之类的。这些食材，对于病人无疑是恢复身体极好的食材，但对于陪护病人的家属来说，没病没痛的，胃口都好着呢，就是想吃点有口味的饭菜。

母亲对青菜很依赖，一天不吃蔬菜，肠胃就不舒服，拉不出屎。入院第一天，面对食堂工作人员送上来的荤味十足的汤汤水水，母亲皱起了眉头。之后，我和母亲借着检查身体外出之名，让护士给我们开出入证。这些日子里，来医院看病的人并不多，原本排长龙等候检查的人明显少了很多，尤其是CT和磁共振需要预约若干天的现象也没有了，基本上是随到随诊，稍等片刻，就可以出结果。

母亲还是喜欢病区外的风和阳光，珍惜外出检查的每一次机会。每每花上不到一个小时就能完成的检查，被我和母亲延长至两个小时以上。我们在这个三面都是高楼的院子里找一处木质座椅，安静地坐着。医护和病人们从我们的身边走过，匆匆的脚步也带着风。母亲的身体不大好，怕冷，我们往往坐在阳光里。这个坐落在高楼间的院子，能够得到阳光的时间实在少得可怜。还没有好好地坐一会儿，阳光就从我们的肩胛处悄悄地溜走了。身上携带了二十四小时监测仪器的母亲说，有点冷。于是，我们就追着太阳，在这个院子里找有温度的座椅。一连两日的检查，母亲和我都因为可以享受阳光而感到快乐。

入院的第二天，完成了磁共振检查后，我和母亲寻得一把有阳光的木质座椅晒太阳。四周的楼很高，阳光走得很快。11点左右，装满饭食的小推车从医院食堂方向而来，一辆辆从眼前走过，这是食堂师傅们送午饭来了。我有点担心晚了会买不到吃的，母亲说还想在院子里坐坐。我们就继续看着这些汤汤水水从眼前走过。十多分钟后，一个红衣女子推着一辆小推车走过来。不同的是，推车的一侧写着"小女当家"。这个名字让我想起了院外的一家餐馆，我曾经就餐于此餐馆，莫非……

我立刻起身，牵着母亲的手，拦住了这个红衣女子，也拦住了这辆小推车。果然，小推车里放着的是一盒盒饭菜。还没有看清什么菜，我已经从小推车里拿出了两盒盒饭，微信扫码付了三十元钱。

母亲和我满心欢喜，因为我们看到了绿色的蔬菜。回到病房，我迫不及待地解开了红色的塑料包装袋，母亲的脸上立刻有了笑容。哈哈，果然是"小女当家"的风格：三菜一饭。两个盒子里都有一道共同的主菜：红烧鸭子；各一个荤菜：酱干炒肉、黑蘑菇烧肉。仅就这两道菜就让我和母亲连说真好真好，而两道绿油油的蔬菜更加让我们喜上眉梢：生菜和豌豆。

我和母亲互换了各自不同的菜，然后，埋头吃了起来。已经有些日子没有吃过这样的饭菜了，母亲和我往嘴里塞着饭菜，还不忘记聊天儿。母亲说："酱干软软的，好有味道，正和我的牙口。"我说："红烧鸭烧得入味，好吃。"母亲说："豌豆炒得也好，不硬不软，很合口。"我说："黑蘑菇最有营养，要全部吃完。"

我们几乎一口气就把整个快餐盒扫了个底朝天，一点残渣都不剩，唯有一点点汤汁留在餐盒底部。母亲抬起头，用手背抹了嘴巴，长舒了一口气说："这是我入院几天来吃得最开心的一盒饭。"

自此以后，我和母亲就有个约定，早上吃点面汤、肉之类的，晚上吃点简单易消化的杂粮，中午一定要吃盒饭。不为别的，就为了盒饭中的那一点绿。

说实在的，这一点绿放到日常生活实在不算什么，但对于生病胃口不好的人来说，好像是一剂提味良方。

在后来十来天日子里，我们的一日三餐都是在病区里等待着送餐。早餐，送得极早，刚过 6 点，病区的门就被医院食堂送餐的小推车推开，接着就是一个接着一个的喊叫声："面条鸡蛋营养汤……""包子馒头油条稀饭……"母亲和我常常吃阳春面。又细又软的阳春面煮得恰到好处，加上一颗光滑圆润的鸡蛋，一勺子多的肉末，还有几段绿色的小葱花，非常适合病人的胃口，味道相当不错。

住院第一天，医生查房时，母亲说："胃不舒服，胃口也不好，吃什么拉什么，一天要拉三四次屎。"医生就在给母亲开的丹红滴液后加了一瓶护胃滴液。几天下来，母亲的胃口好了很多，竟然有了饥饿感，对于可口的饭菜有了更迫切的希冀。因为有了念想，我们很大一部分的愿望就是午餐能买到一盒带叶子菜的盒饭。

日常生活中，餐桌上出现好几种绿色蔬菜是习以为常的事，吃到我们挑着蔬菜吃，甚至吃到不想吃，或者吃不完直接倒掉。在病区的这几天，对于蔬菜的渴望，让我对曾经被我毫不吝惜丢弃了的蔬菜产生了深深的愧疚。人啊，就是那么奇怪，有了，不珍惜，失去了，又特别地想念。

早晨，吃完一碗阳春面，我陪着母亲在 U 形廊道里缓慢地走上几圈，待护士推着装满瓶瓶罐罐的小推车朝病房走来，我和母亲就回到病房。看着护士手脚麻利地挂上吊瓶、插进输液针、调试滴液，离开。于是，我坐在母亲的身边，看着红色的滴液一滴一滴从细长的皮管子里顺流而下，穿过那根扎进母亲手腕里的钢针，流进母亲的血管里。有那么一个时刻，我的眼睛盯着那条细长的软管，看滴液看久了，仿佛化为了其间的一小滴药液，随无数滴药液进入了母亲的血管。我这滴小药液流进了母亲的心血管，在那条狭长的管道里左冲右突。我想看看母亲的心血管到底怎么了，那个被放入母亲体内的药物球囊长得什么样，它是怎样帮助母亲不再受心血管狭窄的困扰呢。

我就这样坐在母亲的身边，带着遐想，看着这些小小的滴液，一滴，一滴，又一滴……滴进了母亲的血管。时间也在这样的节奏中缓缓地走到了 11 点。母亲的两瓶滴液打完了，穿着大白服的护士来到病房给母亲拔了吊瓶针。

该吃午饭了。

午饭吃什么？这是让我和母亲头疼的事情。粉面汤照例一个接一个地来了，又一个接着一个地走了。时近正午，我们的肚子开始叫了。我和母亲站在病房门口，眼睛盯着病区的那道门。那是一道两开的门，平时是关闭着的，只有医生、护士和门口的门卫才能打开。每一次开门，都会引发我内心莫名的激动，我希望那就是我所期待的盒饭。等的时间长了，我就会走到护士站前，在那一片稍大的空间里，来回踱步，等候那一盒有叶子菜的盒饭。

母亲的胃本来就不好，每天需要按时吃饭，过时未吃，胃就会疼。这一天，我和母亲目送粉面汤一个个来又一个个走。之后，好久都没有人送来吃的了。病区门口的上方有口石英钟，看到时间过了12点。母亲说："肚子饿得不舒服，那一盒有叶子菜的盒饭怎么还没来？"早上的一碗阳春面所赋予我的能量，在一个上午近6个小时的陪伴中早已消耗殆尽。我走到护士站问护士："今天有没有盒饭？"几个护士正在护士站里忙碌着，她们头都不抬地说："会有的。"

忍着咕咕叫唤的肚子，我在护士站半圆形的外侧来来回回地走。时针指向了12点30分，我瞟了一眼护士站，护士们头也不抬，都在忙。

母亲每天都是按时吃饭、按时吃药的，今天的午饭已经远远超时了。不吃饭，就不能及时吃药，母亲说心里就会发慌。母亲捂着肚子，从病房里走了出来，眉宇间拧成了一座小山川。有几个病友也从各自的病房走了出来，他们聚集在了护士台前，有的轻声交谈，有的和我一样踱着碎步。不论是什么表情，眼睛都朝着一个方向：病区两扇紧闭的门。

在护士站的前厅，我就这样来来回回地走，也不知走了多少个来回。时间越流逝，我的心里越发地担心，今天的午餐该不会泡汤了吧？其实，对于盒饭和绿色的叶子菜，我虽心有所盼，却也还能接受它的缺失。病房里还有几根香蕉，还有奶粉，可是母亲却不行。母亲年纪大了，又是个病人，没有饭菜吃怎么行啊？就这样提着心，念着期盼，饿着肚子，在护士站前来来回回地走。时间走到了1点10分，听到了一种响声，那是金属相撞的咔咔声。我们的目光不约而同地朝向那两扇紧闭的白色大门。一辆熟悉的四轮小推车挤挤撞撞地将大门撞开了，也撞来了一个令人振奋的声音："盒饭来了！"

一直埋头工作的几个护士立刻站了起来，快步向大门口走去。护士们是最先拎起盒饭的，然后，她们人手一盒，离开护士站，朝U形走廊深处走去。

小推车本就不大，里面已空了大半，护士又先人一步，剩下的也就可以看见底部了。没时间看盒饭里面装的是什么，我快速拿出了两盒。几乎在一分钟之内，小推车里的盒饭就被抢光了。我点开手机，付款三十元。母亲从我手里接过了盒饭，也不顾及自己的腿脚不利索，返身回病房去了。

我抬头看看挂在大门上的石英钟，时针指向 1 点 20 分。这是我和母亲吃得最晚的一顿午餐，母亲和我吃得都很香，几乎是一扫而光，只剩下一点汤汁。盒饭是三菜一饭：米饭是微黄的，有点硬。几块带皮带肉的红烧鸭肉，酱干炒猪肉，猪肉肥瘦相间，几片绿色的生菜。母亲说："那一点绿色的生菜，最好吃了。"

因为环境使然，这些日子里，我的身体一改往常的生物钟。早晨 6 点左右，眼睛还没来得及睁开，就迎来了粉面汤。上午 11 点左右，我习惯于走出病房，在 U 形走廊里心不在焉地走，脚步停留在护士站前的厅堂里，眼睛如同定格了一样，盯着那两扇白色的门。时钟在往前走，我的肚子也开始了叫唤。有几次，母亲从病房里出来，和我一起晃悠。母亲说："肚子饿了，饭菜会来吗？"而我每次都是微笑地对母亲说："会来的！"

晚上 9 点刚过，病房里的灯就关了，很快响起了各种呼噜声，此起彼伏。习惯了 11 点睡觉的我最初只能走到 U 形廊道里晃悠，或者和护士站里值班的护士聊几句，但夜晚只有一个人值班的护士实在太忙了，没时间搭理我。一个人熬夜实在无趣，我也回到了病房，将自己的一百二十斤平铺在了那张白天是座椅、晚上是床的陪护床上，睁着眼睛看着窗外的霓虹灯闪烁。不久，居然也能在呼噜声中酣然入睡了。

每天，我们都在衣、食、住、行中行走，走过每一个时辰。如若是因为某种原因让我们的"衣、食、住、行"发生了变化，无论时间长短，都是人生的一次经历。生命也在这样一次次经历中渐得圆满。

病　友

　　能够在同一个时间段，因为身体同样的部位出现了大致相同的病状，住进了同一间病房，又被几个相同的医护呵护着，不论来自哪里，年龄是否相仿，都是一种缘分。

　　5月5日一大早，接到母亲的电话后，我们急忙赶到母亲家，发现因心脏病复发，神情极度憔悴的母亲正歪倒在沙发上，母亲的脸色很是灰黄，眼神是那样无助。不敢耽搁，我们急忙把母亲送进医院。在门诊，医生也不敢懈怠，二话不说给母亲开了收治入院治疗通知单。这是一家省级三甲医院，口碑不错。母亲前两年因中风曾两次住院治疗，这次是第三次住进了这家医院的心血管科。

　　这是一间三人病房，母亲是上午11点左右被护士安排进病房，最初的床号是13床。邻床的14床，一位七十多岁的老大爷正在收拾东西；靠窗的15床的病人出去了，零散的生活用品堆在那只白色的床头柜上。14床的老大爷穿着一件有好多口袋的墨绿色的背心，在病床和衣柜之间收拾衣物。我忽然想到了今年九十二岁的老父亲，他也有一件这样的背心。老父亲常说："这些口袋极方便。"每当去钓鱼的时候，老父亲一定要穿上这件背心，前前后后每一只口袋都会塞得满满的。14床的老大爷把一些小物件塞进前后口袋里，说："今天我们就要出院。隔壁 15 床的动手术去了，病床推去接病人，应该快回来了。"

正说话间，一位七十多岁的老太太风一样地进来了。老太太边走边挥着手中的几张纸说："好了，办好了，我们走吧。"

两位老人神色都不错。母亲对办事利索的老太太说："你对老头子照顾得真好。"老大爷笑着说了一句话，让我瞪大了眼睛。老大爷说："她是病人，我是来照顾她的。"老太太红光满面，气色极好，笑道："我们来了七天，他照顾了我七天。"老太太顺手拎起一个大包，笑着向我们挥挥手，和老大爷一起走了。

一张白色的病床撞着门进来了，床上躺着一位六十多岁的女子。女子闭着双眼，脸色灰黄，似乎睡着了。女子的脚边放着一台闪烁着数据的仪器。紧跟在病床后面的是一位四十多岁的中年女子，她左胳膊挽着一件上衣，右手高高地举着一只滴液瓶。中年女子在手术室护士的指点下，小心翼翼地把病床推回 15 床的原位，把滴液瓶安放在病床上方的滴液架上。动作很轻，生怕弄醒了病床上的病人。待一切都安置好了以后，中年女子才坐在了床边，怔怔地看着病床上的病人。过了几分钟，中年女子抬起头，对我们微微一笑："这是我妈妈，刚刚做了心脏消融术。"

医院最不缺的是病人，14 床的老两口前脚刚走，后脚就来了一位老太太。这是一位头发雪白、身材高大的老太太，她独自一人跛着脚推着一辆家居购物的四轮小车缓慢地走进了病房。老太太坐在 14 号床上歇息了一会儿，把那个堆得满满的四轮小推车拉到身边，从里往外掏一些花花绿绿的东西，像变戏法一样，老太太先从小推车里掏出了一只大号开水瓶、一只大碗、一把小勺子、一双筷子、一只黑色的包。老太太把它们依次放在了床头柜上。小推车立刻空了一些。老太太又从小推车里掏出了一小一大两个包，几个衣架子。老太太把上面的小包打开，跛着脚走到窗前，身高的优势让老太太很轻易地就把未干的毛巾和衣物晾晒在了窗棂上。之后，老太太两只手拎着那只大包，一瘸一拐地朝门口处的14号衣柜处走去。

母亲看了看我，我明白母亲的意思，也正合我的心意。于是，我站了起来朝老太太走去。我说："老人家，我来帮你拎吧。"

没想到，腿脚不便的老太太却很坚决地朝我摆摆手："谢谢，不用帮忙，我自己的事情自己可以做。"

老太太就这样一瘸一拐，在病房里来来回回，完成了病房里个人生活物品的安置。在休息了片刻之后，又把黑色的背包和大号的开水瓶放进了那辆买菜的车，跛着脚推着小推车一步两晃地朝病房外走去。

老太太这是要去打开水啊。开水房在 U 形走廊尽头的弯道处，且不说路远、开水温度高，单就老太太这腿脚，就不方便走进开水房。我连忙说："老人家，我们这里有开水。您先喝着，我去帮您打开水。"

老太太两手推着四轮小车，丝毫没有停下自己的脚步，拐着脚走到门口说："谢谢，我的事情我自己可以做的。"老太太推着四轮小车，一瘸一拐走出了门，转身向左，消失在我的视线中。

15 床的病人无论是闭着眼还是睁开眼，都是安静地躺在床上，话说得很少，从手术室出来后就没有听到她的一句呻吟声。那位一直守候在母亲身边的女儿说："母亲的消融手术是从大腿根部做的，现在只能卧床不能动弹。"大腿根部是人体最娇嫩的部位，平日里，稍一碰撞都会感觉到疼痛。如今，因为手术的需要，在大腿根部开皮破肉弄一个洞，让器械从这里进入，沿着奔涌的大动脉血管，直达心脏。在解除心脏病灶的过程中，这里一直被冰冷的器械穿行而过。想想一根针扎进肉里都疼，这些冰冷的软管和器械游走在人体细小的血管里，该是一种怎样的疼啊。

15 床的母亲很坚强，女儿的照顾也很细心。每当母亲打点滴的时候，女儿就坐在母亲的病床前，握住母亲的手，轻轻地揉捏着。女儿说："母亲滴液的时间长了，手指头都冰凉了。按摩一下，手就温暖一些。"

每到中午的时候，15床患者的女儿就会走出病房。几分钟后，她手里就拎回一包饭食，在床头柜上把饭菜分好，坐在病床前的凳子上，喂母亲吃饭。有那么一会儿，她抬起头看着我们说："我弟弟在家做好了饭菜，每天都会送来的。"母亲对15床的母亲说："你好福气啊。"15床的母亲就微微一笑，看着我说："你也有个好女儿啊。"母亲就转头看看我，眼里漾着笑。

　　15床的母亲在女儿的精心照顾下，术后恢复得很快。第二天就可以下地行走，第三天就出院了。看着15床紧邻的那一排明净的窗玻璃，病床前那一片宽阔的区域，我想：13床的母亲是不是可以换个床位？于是，我来到护士站，内心满是忐忑，跟那位安排我们住院的护士说了想法。没想到那位胖胖的护士居然爽快地答应了，但要我们自己搬物品。就这样，在13床住了两晚的母亲换到了靠窗的15床。

　　明净的大玻璃窗，宽敞的床位，让躺在14床的老太太羡慕不已。老太太说："我这张14床被夹在了中间，地方最小，应该收半费。"岂止是14床位置狭小，与卫生间一墙之隔的13床不仅位置狭小，光线还特别暗淡。

　　还是那句话，医院缺的是床位，从不缺病人。不到一个小时，13床就住进了一位头发花白的女患者，黧黑的面容，瘦削的身材，六十多岁的模样。陪同这位女患者一同来的，是她的儿子。一位三十多岁的青年男子，皮肤黝黑，但精气神却十足。

　　感觉这个青年男子很眼熟，想起了手术室外那个大声打电话的男子。当时母亲已经进入手术室做造影术检查了。我坐在手术室外面的家属等候区，座椅旁还有另一位四十多岁的女子。那个青年男子正歪躺在病床上，操着我听不大懂的口音用手机打电话。男子的话真多，嗓门儿也真大，足足打了一个小时。直到手术室的门开了，出来了一个穿绿色衣服的护士喊着一个人的名字，年轻人中气十足的声音才戛然停了下来。他推出来的那张白色的病床上的病人是一个六十多岁的女人，身形瘦小，脸色蜡黄，凌乱而花白的短发散落在白色的被单中。没有想到，两天后，我们居然走到了同一间病房，成了病友。

既然成了病友，同病相怜，我们常谈些治病感受，顺带聊些家常琐事。原来 13 床的病人入院好几天了，因为病情特殊，已经在特殊病房住了三日留观，现在进入普通病房。

青年男子说本来是自己的媳妇陪同母亲前来就医的，就因为媳妇的父亲给她打了个电话，说了句"这婆婆治病还要你来陪护"，于是，仿佛受了天大委屈似的媳妇就在电话里对着自己的丈夫大哭了一通，扔下婆婆独自一人住院，自己回老家樟树去了。无奈，老人的儿子只得放下在深圳的工作，匆忙跳上深赣动车，星夜赶到医院，照顾生病的母亲。

青年男子的电话依旧多，声音依旧大，而且常是视频，还开了扬声器。白日尚且苦不堪扰，夜晚尤其难以忍受。医院里的病患大都睡得较早，作为陪护的我在病房里的灯熄灭了之后，打开座椅，展开狭窄的陪护床，伸展一下腰身，躺了下来，准备休息。但有一种声音，从 13 床旁的陪床传来，在安静的病房里刺耳地响着，连续不断，间或还夹杂着笑声，让人欲睡却又无法入眠，只能无可奈何地睁着眼睛，无可奈何地倾听那半懂不懂的方言，无可奈何地等待那个洪亮的声音能够被浓黑的夜色吞没。

母亲和 14 床的老太太也深感头疼，但又无法阻止。两天后，这种声音忽然自行消失了，病房变得异常安静。青年男子直挺挺地躺在 13、14 床之间低矮的陪护床上，两眼直勾勾地看着病房的天花板。本就话语不多的男子的母亲更是长吁短叹，躺在病床上，沧桑的脸上写满了愁容。

母亲两眼满是疑惑，问道："年轻人，怎么啦？"

青年男子叹了一口气说："我妈妈因为头部长了个瘤子才来到这里看病。怎么七检查八检查，把我们送到这里，还安装了心脏起搏器。刚医生跟我说，我母亲头部的瘤子就像是一颗定时炸弹，随时都会爆炸，让我们转科室做进一步治疗。"

青年男子的母亲从床上坐了起来，抹着眼泪说："安装这个起搏器，儿子就已经花了七八万。我们是农村人，儿子打工赚钱不容易，转科室治疗，要是动手术，那不又要花上个好几万？"青年男子的母亲擦把泪说："家里还有两个孩子，儿媳妇也不做事。我们不治了，回家去。"

男子低着头使劲地搓着两只手，无助地说："我在深圳帮人开车，这次是放下工作来照顾母亲的。这样下去，不知道还要在医院待多久。还有，母亲刚安装了心脏起搏器，身体还没有恢复，能连着在脑袋上动刀子吗？"

母亲和14床的老太太给青年男子提了个建议，先去医生建议转的那个科室走一趟，了解一下情况，看看是不是一定需要动手术，青年男子点点头，起身走了。医院的住院部就一栋大楼，各科室本是楼上楼下的，青年男子很快就回来了。一进病房的门，青年男子就开始收拾自己和母亲的衣物。他说："楼下的医生也让他们转科室。"

后来，我没有再见过这对母子，也不知道转了科室以后，这位身形瘦削、面色黧黑、头发花白的母亲是否动了脑瘤的手术，这个青年男子是否返回深圳继续打工，这个农家的生活会不会因为这位母亲治病超额的费用而发生改变，这些我都不得而知，但我还是希望这家人的生活能回归正常，在乡村的青山绿水中过着简单而本真的生活。

母亲在医院一共住了十一天，与14床的老太太在这间病房里共同生活了九天。这是一个非常有个性的老太太，是从别的病房转过来的。安置好自己的物品后，老太太就和母亲聊起了天儿。巧的是，这位老太太和母亲一样，也是出生于1937年。只不过老太太是5月生人，母亲是10月生人。老太太大声笑着说："你得叫我老姐姐才对哦。"母亲也是开心得不得了："是啊，难得在这里遇上老姐姐啊。"

之后几天，两位八十六岁高龄的老姐妹聊得甚欢，不觉日子过得深沉。当老太太得知母亲在她进这间病房的前两天，做了心脏造影手术后，摇头叹息道："我五个月前，在这里装了起搏器。五个月后，我感觉心脏发慌，就又进来了。医生也要我做造影，说是检查，被我拒绝了。我知道这个造影术，虽然说是心脏例行检查的一种手段，但毕竟是手术。凡是手术，必伤身体。所以，我坚决不做，每天就滴一瓶丹红，已经有半个月了。老妹子啊，如果我们早点见面了，我就坚决不让你去做这个造影检查。"

　　母亲沉默不语，我的内心也五味杂陈。此番母亲入院，本就是因心脏突然犯病。我们所能做的，是尽快送母亲就医，并谨遵医嘱，早日让母亲摆脱病症，恢复健康。至于如何治疗，不是我们所能做到的，也是我们无法解决的。

　　老太太是个极为聪明的人，见状她立刻大声笑了起来说："我的老头子是大学教授，我沾了老头子的光，在大学里任了一个小职。以前生活倒是挺风光的，家境也殷实。但自从老头子走后，家庭的开支一下子就紧张了起来。我节衣缩食，将四个孩子养育成人。如今，四个孩子老大在东北，老三在深圳，老二和老四就生活在这座城市。"

　　母亲好奇地说："既然身边有两个子女，那为何不见他们来陪你？"老太太倒是爽朗："我大女儿说我是装病，我就不要他们来了。"老太太停了一小会儿，接着说："我的大孙子会来，还会帮我洗脚，带东西给我吃呢。"果然，几天后，老太太的大孙子来了，一个长得高大帅气的小伙子，他不仅带来了奶奶最爱吃的蛋糕，还为奶奶认真地洗了脚。几天后，老太太出院的时候，这个大孙子再次来到了病房，帮老太太收拾好衣物，搀扶着老太太，推着那辆购物用的四轮小车，缓慢地走出了病房，回家去了。

　　在和老太太同住一间病房的日子里，每天，母亲和老太太就像约好了似的，吃完了早饭，老太太推着她的四轮小车，母亲揉着因造影术而疼痛的右手腕，两人在 U 形走廊里慢悠悠地散着步，各自说着自己的病、自己的疼。老太太像一个老姐姐面对自己的小妹妹，告诉母亲人生都走到这一步了，万事要学会忍耐，学会坚强，能自己做的事情一定不求人。但是要记住，一定要对自己好一点。母亲果真就像一个小妹妹，认真地聆听，不停地点头表示赞同。一圈、两圈，走到第三圈，医生要查病房了，两位老太太就一前一后回到病房，躺在相邻的病床上，乖乖地让护士给她们打上吊瓶，输上相同的滴液：丹红。或许是丹红进入血管起了作用，也可能是走累了，母亲和老太太不约而同地闭上了眼睛，在至少一个多小时的时间里，静静地享受血管被疏通的舒坦。除了丹红，母亲比老太太多了一瓶滴液——护胃药。几天下来，原本吃嘛嘛不香的母亲居然胃口好了许多，饭菜也吃得多多了。

推着四轮小车的老太太刚走进病房的第一天，凭借着自己身材高大的优势，将未干的内衣外裤挂在了东边的塑钢窗棂上。彼时，塑钢的窗棂上已经挂有我和母亲的衣物。老太太近乎粗暴地把我们的衣物推向一旁，任我们的长衣短裤和毛巾在风中凌乱地挤在一起。我走到窗前，把母亲和我的一些短衣短裤和毛巾拿了下来，挂在窗棂下面一根粗细不均的塑料绳子上，只留下一条母亲的睡裤飘在老太太的一堆衣物中。当时的感觉就是：为什么病房里没有设置给病人晾晒衣物的横杆？晚间听着衣物被风拉扯发出的哗啦啦的声音，想起了白日老太太的强势，心里不由得有些不悦，暗暗地说："等到我老了，一定要做一个温婉的老太太。"

但是，几天后，老太太先母亲一天出院的时候，发生了一件事，让我对老太太有了敬意。那天中午，我拎着开水瓶去开水房打开水。因为水还未开，就在开水房里等了一小会儿。回到病房的时候，老太太已经把出院的手续都办好了。此时，老太太的大孙子来了，一手拎起盆盆罐罐，一手搀扶着老太太准备离开病房。老太太回头看着我，莞尔一笑地说:"那个晾衣服的绳子我换了一根,以后晒衣服就不用担心会掉下来。"

我有些愕然,回头看了一眼窗棂下的那根绳子。那本是用塑料袋拧成了麻花之后,绑在了窗棂和墙面的钉子上的一根塑料绳,刚进病房的时候就有的。也许是时间长了,经历风雨侵袭,加上衣物渐多,承受不住压力,那天晚上忽然断裂,我和母亲的衣物落在了地上,第二天清晨才发现。当时,我看了一眼挂在塑钢窗棂上的老太太的衣物,它们安稳地在风中晃荡。我只得重新接好那根断了的麻花塑料绳,把我和母亲的衣物洗好了再小心地挂在了这根麻花塑料绳子上。

这件事已经过去了,我也没有放在心上,没想到,看起来粗枝大叶、强势的老太太居然挂在了心上,并且,在出院之际,拿掉了这根破损的塑料麻花绳,换了一根崭新的塑料绳。这是一根真正可以称为绳子的塑料绳,是那种用来捆绑货物的塑料绳,坚固耐用,似乎永远不会断裂,而且,还是红色的,那么醒目,很温暖的色彩。

老太太走到病房的门口,回头又对着我们笑了一下。我忽然觉得,看起来有些不近情理的老太太原来也有温婉的一面。我的内心被温情包裹,脸上溢出了笑意。母亲朝着老太太挥挥手说:"老姐姐,回去照顾好自己,好好生活啊。"我笑着挥挥手说:"多保重!"

14床的老太太出院了,立刻又来了一位老太太。新来的老太太背着一只黑色的小包,身穿一套红色的运动衣,头发乌黑,身形灵活。从背后看,老太太很年轻;从正面看,老太太的脸上还是有不少皱纹的。两个女儿一左一右陪护在身边,老太太像一个小女孩一样,坐在刚刚更换了床单的病床上,不停地说自己这里疼那里疼全身不舒服,扭着身子,让女儿按摩。两个女儿围在老太太的身边,像哄小姑娘一样哄着自己的母亲。这一天晚上,14床的老太太就像一位刚刚动了手术的病人一样,哼哼唧唧喊叫了一个晚上。

第二天早晨,母亲揉着眼眉叹着气说:"13床是动了心脏手术的,晚上都没有听到她半句哼哼声。14床刚刚进来，就哼哼了一个晚上。这要是动了手术，那不是吵得人不得安宁？"14床患者的大女儿歉意地说："没办法，我妈妈被我爸爸宠坏了。这次入院，是因为妈妈看到了小区里有两个老太太走了。妈妈吓坏了，所以来住几天医院，检查一下身体。"

午后，母亲打完了吊瓶，14床的老太太也检查了部分项目回来休息。看着好不容易安静下来的邻床老太太，母亲和她聊了起来。一问年龄，母亲和我都不敢相信自己的耳朵，原来老太太今年也是八十六岁。我和母亲大笑了起来，真是缘分啊，这是一间名副其实的八十六岁老太太病房啊。

母亲在医院里共住了十一天。5月15日上午，爱人来接我们回家。我们告别了病友，走到护士站，看见有几位新来的病人拎着大包小包，正在办理入院手续，其中有一位头发花白、脸色黝黑的老太太。听到护士在喊："15床新住进来一位八十六岁的老太太！"

医院还在，病房还在，13、14、15号病友的故事也还在继续。只不过，这间病房里的病人却在不断地更换。其实，一间病房就是一个小舞台，走过路过的人，都会在这个舞台上留下自己的故事。人们带着病痛来到这里，也带着希望来到这里。在这里大家彼此温暖，彼此关爱，并留下彼此的影像。就像乘坐了一趟列车，到站了，下车了，挥挥手，微笑告别。或许此生有缘，会再次相逢，或许此生再不相见。但无论如何，病友的问候与微笑，是我们在身体进入低谷时饱含伤痛和泪水的温暖。

愿时光不老，父母安康

　　母亲以八十六岁耄耋之龄，于5月梅雨季，承手腕切割动脉之伤，受心脏造影手术之痛。在之后多日的治疗和恢复期间，没有一句呻吟声。白天人声喧嚣，分散了母亲的注意力，缓解了母亲的疼。到了夜晚，尤其是夜深人静的时候，可以想象，睡眠不深的母亲是怎样睁着眼睛，独自忍受腕间给她带来的刺疼，眼睁睁地望着黑夜，等待天明。

　　母亲是痛苦的，母亲却又是坚强的。

　　术后第一天，母亲在我的搀扶下，下了床，慢慢地走着，去了卫生间，在病房门口小转了一会儿。术后第二天，母亲让医生摘掉了身上的监护器，拆掉了包裹在右手腕上的纱布。才两天时间，母亲的右手腕已面目全非，青紫，肿胀。母亲以为拆了纱布，伤口就愈合了，趁我去打开水的时候，端起盛了水的洗脸盆，两脚高低不平地前往卫生间。本就年高乏力，又才动过手术，水还没有倒掉，母亲右手腕处的伤口立刻就崩开了，鲜血顺着腕部往下流。母亲急忙捂住伤口，跟跄走到护士站。护士推出护士车，给母亲的手腕包扎止血。我打开水回来，母亲像个做错了事的小姑娘一样，小声地说："护士已经包好了，没事了。"第三天，母亲左手轻轻地放在右手隆起的纱布上，在病区U形走廊里慢慢地走，走一步看三眼右手上的纱布。第四天，母亲边走边看自己的右手腕，纱布的边缘依旧一片青紫，依旧肿胀。也许是想起了术后第二天伤口崩裂的伤痛，在病区 U 形走廊里散步的时候，母亲几乎捧着右手腕，显得异常小心。

出院的前一天，母亲时刻看着自己的右手腕，那里刚刚拆除了纱布。也许是包裹的时间长了，母亲右手腕处的皮肤皱巴巴的，青与紫交相汇集，只是稍减了些许肿胀。母亲尝试转动手腕，尝试握紧拳头。但事与愿违，母亲只能稍稍活动几乎僵硬的五个手指头。至于手腕，也只能转动小半圈。即便这样，母亲还是很硬气地说："我的手可以动了，出院后我可以照顾自己，我回自己家。"

我说："你的手怎么能握得住锅铲？"

母亲不理睬我的话，上午吊完丹红滴液之后，就有意无意活动自己的右手腕。母亲是想用行动告诉我，她的手可以拿锅铲了。但是，无论母亲如何活动右手腕，那被冰冷的器械洞穿而入的右手腕，始终不遂母亲的愿。

入院第 11 天，母亲终于要出院了。一大早，母亲照例活动自己的右手腕。良久，右手腕并没有多大的好转，腕部还是显得僵硬，只能是指尖的微动，不能弯曲，更不能握拳。母亲见拗不过自己的右手腕，沉默良久，幽幽地说："还是去你家住几天吧。"

在办理母亲出院手续的时候，我给父亲打了一个电话，希望父亲能和母亲一起去我家。老父亲已经九十二岁了，母亲住院这段日子，父亲是一个人生活的，也难为了他老人家。没想到老父亲一口拒绝了，还宽慰我说："我没事，你妈妈住院这段时间，我都是自己做饭的，味道还不错。我能照顾好自己，你照顾好你妈妈就行了。再说，你家房子不大，人本来就多，还有个带小宝宝的保姆。你哪里忙得过来啊。"

父亲说得轻松，我却听得伤感。父亲、母亲生育了我们姐弟仨。年轻的时候，父亲、母亲既要忙工作，又要照顾这个家，在人生的风雨中，劳碌辛苦了一辈子。如今年至耄耋，需要人照顾，而我们还要忙工作，忙生活。两个弟弟又都在外地，身边只有我一个人。平日里，我也只能在工作之余去看看父亲、母亲。每每看到两位老人能互相照顾，生活能自理，就是我最大的开心。如今，母亲生病，需要照顾。九十二岁的老父亲念及我家的状况，宁愿自己一个人生活，也不愿意增添我的负担。家事如此，不能周全，不由得让我的内心平添了许多伤感。

按往常，5月的阳光早就有了夏的味道。但今年，春末的寒气迟迟不肯退去。母亲出院那天，夫来接我们回家。室外飘着小雨，我给母亲套上厚毛衣，披上外套，母亲的左手一直放在右手腕上。我左手拎着一个衣物包，右手搀扶着母亲，夫拎着生活用品，我们从病房乘电梯下了十三楼。走了十多分钟后，才走到停车的地方。母亲说两只脚没感觉，走路像踩在棉花上。车行了四十多分钟，我们回到了位于城东的家。

江南5月天，是春天的孩儿脸。回家第二天便风雨大作，气温骤降。在医院里住了十一天，无论是人还是物品由内而外散发的都是来苏水的味道。母亲和我把全身每一个毛孔都洗得干干净净。衣物自不必说，也是要全部洗净晾晒的。母亲换上了我的棉毛衣，穿上了我的羊绒衣，披上了我的薄棉袄。母亲看着身上的衣服，左牵牵，右扯扯，不自在地说："你的衣服好大，空空的，穿着不实。"母亲爱好运动，身体也曾是结实饱满的，不知从什么时候开始，母亲身体里的脂肪在岁月中渐渐流逝了，变得瘦弱而单薄。我的眼睛有点酸，说："大了比小了好，天气渐暖，正好透气呢。"

母亲不再说话，神色显得黯然，转身朝我给她安置的房间缓缓走去，披着我外衣的背影像一张弯弓。在靠墙的一张椅子坐下后，依着椅背，母亲弯了的脊背才稍稍变直了。阳光被窗帘遮住了，房间有些暗。母亲的左手按住右手腕的伤口处，一动不动地坐在暗处，宛若一尊雕像。过了一会儿，母亲右手平端着手机，左手缓缓地滑着屏幕，两眼紧紧盯着手机屏幕，很专注的样子。一连数日，除了吃饭和洗漱，母亲就这样坐在小房间里，右手平端着手机，左手缓缓地刷屏。每次喊她吃饭，母亲就用一种忧戚的神色望着我们，然后缓缓地站起来，走出小房间，却没有更多的话语。

母亲的性格本是开朗的，这几天却把自己宅在小屋子里，成天刷屏。不要说是一个耄耋老人，就是一个年轻人，眼睛也吃不消。为了让母亲走出小屋子，我们想着法子让母亲开心。一岁两个月的曾外孙小晴晴是母亲的开心果，只有小晴晴来了，母亲的脸上才会有笑容。小晴晴迈着小鸭子一样的步子，摇摇晃晃地走到太婆婆面前，两只脚一跳一跳地，想要爬上太婆婆的床。我们把小晴晴抱起来，放在母亲的床上。小晴晴抓起母亲放在床头边的速效救心丸，拿在手里摇晃起来。也许是里面的药丸不多，绿色的小瓶子里，传来哗啦啦的声响。小晴晴就特别开心，摇得更起劲了，整个身子都在摇。还会抓起床上的一只牛角小梳子，给太婆婆梳头发，也给自己梳头发。在床上玩了一会儿，小晴晴就溜下床，牵着太婆婆的左手，走到客厅。母亲坐在客厅的沙发上，用几乎不能转动的右手摸摸小晴晴软黄的头发。小晴晴从玩具间找到一只小球，小手抱着，站在太婆婆的对面，举起手，把小球往地上一扔，小球就向前滚去，有时候，正巧滚到母亲的脚下，有时候滚到其他的地方。母亲从沙发上稍稍撅起屁股，弓着腰，笑着伸出两只手，左手灵活地抓住滚动的小球。之后，母亲直起身子，右手从左手接过小球。此刻，母亲的右手平端着小球，腕处的淤青和肿胀限制了母亲动作的灵活性，母亲只能僵直地将右掌心翻转朝下，上下拍着小球和小晴晴做游戏。

爱人负责每日的饭菜，适逢新鲜的豌豆上市，爱人每天买两斤带壳的豌豆。回家后，把这些带壳的豌豆一股脑儿堆在小晴晴玩耍的小桌子上。于是，母亲和小晴晴分坐在两只小凳子上剥豆子。桌上一只大碗用来装剥出来的青豌豆，桌旁还有一只装豆荚壳的垃圾桶。母亲似乎特别喜欢剥豆子，而且着意于用右手来剥豆子，左手只是辅助。虽然右手的动作不利索，母亲还是一瓣一瓣地剥，一粒一粒地拣。母亲说："这个豌豆买得真好。"小晴晴到底是个宝宝级别的小娃娃，剥豆子自然是需要太婆婆帮她打开外壳的，她从豆荚中取出圆润的绿色豆子，然后放进大碗里。开始的几分钟里，小晴晴跟着太婆婆学，还做得有模有样。但好景不长，一些豆子和豆荚都被晴晴扔进垃圾桶里去了。母亲就会将这些豆子和豆荚归位，手把手地叮嘱小晴晴豆子放在碗里，豆荚放在垃圾桶里。小晴晴却一如既往，或许豆子和豆荚在她的眼睛里，颜色都一样，是没有区别的吧。

为了让母亲早日恢复身体，只要有太阳，我们就会和母亲一起下楼去小区的院子里走走。5月天，我们都只着一件单衣，母亲穿着我的薄棉袄却还说冷，我们就寻得一处无风但一定有阳光的地方坐下来。母亲望着身边来来往往的人，并不多言，眼里总是挂着一层忧郁。只有看见小晴晴在健身器材上翻来爬去，嘴里含糊不清地喊着太婆婆，母亲的眼里才会有阳光。

母亲在我家住了几天，一改往日的习性，话说得极少。只是静静地坐着，做得最多的事情就是看手机刷屏。我只是单纯地以为，母亲是身体还没有恢复，需待时日而已。但几天过后，我惊讶地发现，出院时母亲还是黑白相间的头发几乎全白了，而且是发白如雪。一根根，一片片，苍白如瀑，完全覆盖了母亲前几日还是黑白相间的发丝，自上而下罩着母亲的脸，母亲原本消瘦的脸庞越发蜡黄。

母亲这是怎么啦？回家了，吃的住的无论如何都比医院强多了，为什么母亲的神情反倒不如在医院里了呢？尤其是那一头白发，看得我心里发慌。我很不安，又不敢询问母亲，只好悄悄地注意起了母亲。母亲依旧是喜欢独自一人坐在房间里，右手平端着手机，左手划着屏幕，认真而专注地看着手机。暗影里，屏幕的荧光在母亲的脸上一闪一闪，母亲的眉头紧紧地锁着，脸上满是愁容。是什么让母亲如此痴迷，每天花费大量的时间来费神费眼力？我走进小房间，坐在母亲身边，笑着问母亲："妈妈，在看什么呢？"

母亲抬起头，眼神有点愕然，脸上挂上了一丝不自然的微笑。母亲用左手指着手机说："好多人都在说，心脏做支架，等于进了鬼门关。"啊？我很是吃惊，正要说话，母亲又神色忧戚地说："真是奇了怪了，他们怎么知道我做了心脏手术，而且心脏里还放了一个东西？"

原来如此。母亲这些天手不离手机，是在看心脏安放支架的信息，看得身心饱受煎熬，看得满头白发似雪。我有些恼怒，告诉母亲："这不是手机里的人知道你得了心脏病，他们不知道你得了病，也不知道你的心脏里放了什么。现在是电子信息时代，因为你刷到了这个信息，后台就会推送大量同样的信息。"我宽慰母亲说："更何况你的心脏里，没有放支架，是放了一个缓释胶囊。这个胶囊会慢慢释放药物，最后完全溶解。你心脏狭窄的血管，因为药球的作用，减轻了病状，以后就不痛了啊。"

女儿牵着小晴晴也走了过来，说："外婆，这个真的不要去看。你看得越多，出现得就越多。都是一些乱七八糟的信息，就不要再看了吧。"

母亲的眉头瞬间舒展了，眼神也亮了起来："怪不得，我每天看这个手机，每天都奇怪，怎么有这么多人都知道我住了院，还知道我动了心脏手术呢？"

我有些气恼，但也有些释怀。母亲到底是一位耄耋老人，对于手机的各种推送功能，别说老母亲，就连我这个五十多岁的人也是摸不清套路的。我告诉母亲："现在我们每天的生活，就是要开心，要快乐。看手机，就看那些让人开心的信息，但凡看见有关伤感的标题，一定不要去点开，以免自己不快乐。"我跟母亲开玩笑地说："你看那些怀孕的女子，都要在墙上贴上一对可爱的胖娃娃的图片。干啥呢，就是要生一个健康的宝宝啊。"

这天晚上，母亲又变成了那位开朗的老太太。在客厅，用右手和小晴晴抢着拍小球；在房间，用右手和小晴晴摇速效救心丸，听小药丸和绿色的药瓶碰撞产生的哗哗声；又和小晴晴互相逗乐，一把小小的牛角梳在相隔了八十五年时光的两只手上交替握着：母亲用右手帮小晴晴梳头发，小晴晴用稚嫩的小手帮母亲梳头发。母亲的头发是雪白的，小晴晴的头发是软黄的；母亲的笑声是爽朗的，小晴晴的笑声是甜美的。这是近一个月以来，母亲最开怀的笑声。

第三天，母亲用右手握着牛角梳慢慢地梳自己的白发，说："你们说的有道理，我没看手机，没点这个信息，现在就看不到了。"

自那日以后，母亲放下了手机，走出了房间。母亲遵循医嘱：吃好、睡好、心情好。在一日三餐的日常生活中，在和小晴晴的游戏中，有意无意地活动着自己的右手。

几天后，母亲对我说："你看，我可以握拳头了。"

又过了几天，母亲笑着对我说："你看，我的胳膊肘可以往里弯了。"

又过了几天，母亲开怀地说："你看，我的右手可以翻转过来了。"

6月刚过，母亲说："我已经好了，可以回家了。"我还是担心母亲的身体，母亲却执意要回家。母亲说："家里只有你老爸一个人，他本是个不会做事的人，这些日子，一个人生活，也不容易。再说了，你还要上班，家里还有个小晴晴要照顾。我会照顾好自己的，不用担心。"

又过了几天，实在拗不过母亲，我们只好把母亲送回了家。九十二岁的老父亲和八十六岁的老母亲在分别了一个多月之后，终于见面了。之后的日子里，我心有牵挂，除了电话联系，工作之余，时常去看看他们。父亲是位地质工作者，爬了一辈子山，身体倒还是健康，但毕竟九十二岁了，须发全白。曾经挺拔的脊背也已经弯曲了，行走的时间长了，就需要一根拐棍来承重。父亲的耳朵也不大听得清楚，跟父亲讲话，几乎要贴着父亲的耳朵，而且还要大声。即便如此，父亲除了要照顾好自己，还要料理生活，照顾母亲。每每我提出要请一个钟点工来照顾他们，都被父亲拒绝了。父亲说："我们都还能动，等我们不能动的时候再说。"

7月末的一天，母亲夜半如厕。一墙之隔的卫生间对于行动自如的常人来说不是问题，但对于曾经两次中风，5月又做了心脏造影手术的母亲来说，就不大方便了。第二天早晨，我去看望父母，才知道母亲昨夜摔倒在了床前，右腿从大腿根部到膝关节处疼得厉害，现在只能躺着了。我心急如焚，母亲已是八十六岁高龄，这一跤摔下来，右腿骨该不会出现什么问题吧？我急切地要求母亲去医院拍片子做检查，被母亲拒绝了。母亲坚决而自信地说："我年轻的时候打过篮球，知道自己骨头没有断裂，只是拉伤了筋骨而已。"劝不动母亲，我只能从家里拿来港版专治跌打损伤的活络油，帮母亲在疼处仔细地抹上油，再顺着经络轻轻地按摩。母亲说，大腿根部尤其疼，我就缓缓地反复地按揉着母亲的大腿根部，希望能缓解母亲的疼痛。

这是我很多年以后，再次看到母亲的身体部位。就像是一棵经历岁月的老松，母亲的大腿处已骨节凸起、脂肪瘦削、肌肤垮塌，曾经的饱满和风华在生活的磨砺下，正在一点一点地消失。母亲的身体，已是一片沧桑。我知道，要不是因为这些部位自己按摩不了，母亲是绝不肯让我亲近她的肌肤的。

半月之后，母亲可以拄着拐棍在屋子里走路了。母亲说："你看，我说了没事吧。"父亲也拄着拐棍出了门，父亲说："我出去走走，顺便买点菜回来。"

这两根拐棍是我从淘宝店里买来的，红木的质地，很硬实，手把是有造型的雕刻件。父亲的是龙头，母亲的是凤头。父亲和母亲拄着这两根拐棍，弯着疲倦的腰身，相互扶持，走在人生的晚年。

愿时光不老，父母安康！

后记

我的诗和远方

人的一生，有很多梦想。每天，我们都在梦想的感召下跋涉前行。这一路行走，虽历尽艰辛，却也一路繁花。不论是哪一种景致，因为与你有缘，才走进你的生命里。我是个爱回忆的人，岁月中的每一个过往，我都会珍惜。偶得闲时，便述之于笔端。日久天长，就有了我的这一本散文集《故乡三味》。

亲情是我的散文作品中最温暖的色彩。我喜欢写我的父亲、母亲，在点滴记录中，留住父母的笑容，留住生活的温度。去年5月初，中风两次且患有高血压、心脏病的母亲忽感身体不适，住进了医院。在陪伴母亲住院治疗的十一天日子里，我第一次走进了心脑血管手术室，直面正在手术中的母亲。此时，母亲已经八十六岁了。衰老的生命在这间雪白的手术室里变得脆弱不堪。站在心脑血管手术室的门口，看着那个布满母亲心血管的巨大电子屏，母亲的伤，母亲的痛，是我永远也挥之不去的影像。于是，在夜色里，我写下了《母亲生病了》。希望时光不老，父母安康。

女儿轩轩一直比较独立。于国内 211 大学毕业后，考了雅思，去了英国谢菲尔德大学读硕，专业是全球公共卫生管理。轩轩是我们这个家族里第一个出国留学的孩子，我的内心是高兴的，也是担心的。千山万水之外，轩轩的一举一动都牵着我的心。中国和英国有 7 至 8 个小时的时差，我颠倒了时间，每天想着法子跟轩轩联系，文字、语音、视频聊天儿，发照片，指导做好吃的，指导生活，每天还发一个红包，鼓励轩轩快乐生活，努力学习。轩轩也不负所望，顺利完成了学业，回到了我们的身边，这就有了我的日记体文字《轩轩在英国》。其实，轩轩在英国读书期间，我写了整整一百篇日记，详细地记录了女儿轩轩在英国留学的故事，我把这些文字整理为《轩轩和妈妈的英国日记》。在这本《故乡三味》里，我选取了其中的三十八篇，再现了轩轩在英国读书和生活的片段故事。

我是在长江的南岸庐山出生，在长江的南岸九江长大，以至于后来的求学和成家立业，都在长江的南岸。我的故乡，在长江的北岸，在江汉平原。江汉平原仁慈而厚爱，她始终牵着我的手，与我遥遥相望，温暖相照。

我的父亲、母亲从长江的北岸，走到了长江的南岸。自小，我就跟在父亲、母亲的身后，一次次从长江北岸坐船、坐车到长江南岸。最初，是乘坐一条绿色的有着两个船头的轮渡。再后来，是开着车横跨长江大桥。在长江的波浪里走，看长江云雾波涛，看江上船帆点点。数十年了，江汉平原的乡情民意已经深深镌刻在我的骨髓里，是我生命里不可分割的元素。

故乡是我们人生的一个起始站，我们从故乡出发，在渐行渐远的过程中，频频回首，心海里泛起涟涟的泪花。在远离故土的日子里，我让故乡成了我精神的原乡地。在《故乡三味》里，我选取了年节期间回故乡感受到的味蕾上的乡情。《鱼面》《藕圆子》《豆粑》，三篇随笔散文都是餐桌上的故事，每一篇都剪下了一段光阴，留存了岁月的痕迹。故事里，有我故乡的人们对生活的热爱，对生命的探究，还有对人生的释怀。故乡，它是我们生命旅程中的一个驿站，一块能遮风挡雨的栖身地，一处擦肩而不过的风景。

我是一位普通的中学语文老师，在平凡的教书育人的岗位上，我一手执教鞭，一手握纸笔，将青春韶华留给了一届又一届学生，也留给了我的小书桌。我不仅完成了教书育人的本职工作，还成为《中国校园文学》签约作家，《阅读时代》杂志社优秀责任编辑，在各级各类报刊上发表了不少文学作品，有的被收编入各类文本选集，散文入编中学语文试卷。作为性情中人，这是我的收获，也是我的快乐。

在生命的长河中，我喜欢感受生命的律动。在《故乡三味》这本书里，我的父亲、母亲，我的孩子和我的故乡，都流淌在这条生命的河流中。亲人们一笑一颦，一举一动，汇集成了朵朵浪花，在生命的长河里留存温暖。而现在，这些饱含情怀的文字，都成了我的诗和远方。

2023 年 9 月 22 日夜
写于南昌太子殿水文嘉苑